政商
松尾儀助伝

海を渡った幕末・明治の男達

田川永吉
Eikichi Tagawa

文芸社

目次

序章　「起立工商会社」パリ支店にて

一八八七年（明治二十）、パリ・テートブー街五十四番地一七八九年（寛政元）七月十四日。この日、貴族の不穏な動きに憤《いきどお》ったパリの市民らがバスティーユ牢獄を襲撃し、蜂起の火の手はたちまちフランス全土に燃え広がった。フランス革命の幕開けである。

それから百年後の一八八九年（明治二十二）、フランス革命百周年を記念して、パリではこれで四度目となる万国博覧会が開催された。参加国三十五か国、出品者六万人以上に達した万博は、三千二百二十五万人もの来場者数を記録した。当時のパリの人口は二百五十万人程度であったから、その十数倍にも上る人々がパリの万博会場へ押しかけてきたことになる。

このパリ万博の目玉の一つとするために、わずか二十六か月間で建てられたのが高さ三百メートルのエッフェル塔（現在の高さは三百二十メートル）で、今でこそパリのランドマークとして名高いが、当時は鉄骨だらけの外観が伝統を重んじる人々から嫌悪され、「エッフェル塔が嫌いな者は、エッフェル塔に行け」とまで言われたそうだ。エッフェル塔がパリで唯一、エッフェル塔の見えない場所だったのだ。

それでも、万博の開催期間中、六百万人もの人々がここを訪れたそうなので、大方の人にとってみるなら、伝統などへのこだわりよりも好奇心が勝《まさ》っていた。

このパリ万博の二年前、一八八七年（明治二十）二月初めのことである。万博中央会場の設営予定地シャン・ド・マルス公園北西側で、エッフェル塔の建築工事が始まっていた。二万個近くの鉄の部材を二百五十万個ものリベットでつなぎ合わせる工事であった。響き渡る金属音、建設労働者らの罵声と叫び声で辺りは喧騒を極めた。

一方、同じパリ市内でも、「起立工商会社《きりつこうしょう》」パリ支店のあるテートブー街五十四番地近辺は、いつもと変わらぬ静かな時が過ぎていた。起立工商会社とは、日本の美術工芸品や物産を海外に輸出し販売していた会社で、ニューヨークとパリの二か所に海外支店を置いていた。

支店の中には男が一人。普段なら、支店長以下数人の社員や現地雇用の店員が店内に詰めているのだが、この日はたまたま雑用や商談などが重なって、一人を残して全員外へ出払っていた。

支店の片隅。一人でぽつんと所在なげに椅子に腰掛けている人物が、九州佐賀出身の松尾儀助その人だった。儀助は、一八三七年（天保八）の生まれであるから、この時の彼の年齢は五十を過ぎたばかりであった。

儀助らが起立工商会社を創業したのは、一八七三年（明治六）。その後、会社は、一八九〇年（明治二十三）のニューヨーク支店売却で事実上幕を閉じているのだが（会社解散は翌明治二十四年＝一八九一年）、儀助はその間、社長として経営に尽力しつづけ、この時も、スペイン・バルセロナ万博（八八年）とパリ万博（八九年）の準備のために自ら渡欧したのであった。

ところで、たった一人で店番を務めていたわけで、さぞかしフランス語が堪能《たんのう》だったと思いきや、片言の日常会話すら覚束《おぼつか》なかったようである。

それでも、儀助は当時の日本人では珍しい身の丈《たけ》六尺（約百八十センチ）余りの偉丈夫で、大抵のことには動じなかった。この日も、フランス人だろうが何人だろうが客が来たら来たでいい、何とかなるさと呑気《のんき》にかまえ、道行く婦人や馬車の様子を窓越しにぼんやり眺めていた。

当時のパリは良き時代《ベル・エポック》に入って間もない頃で、世紀末の文化と芸術が開花しはじめた時だった。一九一四年（大正三）に欧州で第一次世界大戦が勃発するまでのわずかな間、パリはしばしの繁栄を謳歌していくことになる。

さて、支店に残った儀助であるが、いつの間にか時計の針は午後二時近くを指していた。と、その時である。誰かが不意に重たい木の扉を引き開けた。見ると、男が一人、入り口で黙って佇《たたず》んで、店内に視線を向けている。まとった分厚いオーバーは、叩《たた》けば埃《ほこり》の舞いそうな、見るからに安手の一着だった。儀助は思った。

「この風体《ふうてい》じゃ、大して金もなさそうだ。単なる冷やかしか盗人《ぬすっと》か」

それでも、儀助は手招きし、男を店の中へ導いた。暇を持て余していたからであり、いくら何でも、白昼、パリの街中で強盗や物盗りでもないだろう。儀助は男に声をかけた。

「そこの人、好きなだけ、ゆっくりと眺めていけばいい」

フランス語ではなく日本語だった。相手がどこの国の人間だろうが、臆《おく》せず日本語で話すのが儀助の信条だったのだ。

だが、案の定、男は言葉の意味がわからず戸惑っている。

「さあさあ、入って、入って。あんたなんかに買っていけとは言わんから」

表情と身振りで意思は伝わる。男は安堵したようで、儀助に向かって何か呟《つぶや》き、陳列された品々に、食い入るように見入りはじめた。その姿を見て儀助は思った。

「こいつもやっぱり日本びいき《ジャポニザン》か……」

十九世紀後半、欧州、特にフランスで、ジャポニスム（日本趣味）が一世を風靡《ふうび》した。日本はその頃、幕末から明治の時期にあり、浮世絵や陶器、漆器などから扇子《せんす》、櫛《くし》、簪《かんざし》に至るまで多種多様な品々が船でフランスなどへと運ばれた。主な買い手は、芸術家や文化人、実業家、資産家などであったろう。それまでは東洋と言えば中国で、日本の品も中国産品の一部ぐらいに認識されることが多かった。ところが、開国日本から各種の美術工芸品が大量に流入した結果、日本固有の美学が理解され、認識が一変するのであった。

起立工商会社パリ支店の場合にも、ジャポネズリー（日本物品）に魅了され、日本の異国情緒に憧《あこが》れるジャポニザン（日本物品愛好家）と呼ばれる人々がお得意様であったのだ。

だが、この日の午後の訪問客は、儀助がこれまで付き合ってきた平均的なジャポニザンとは明らかに異質な雰囲気を全身で醸《かも》し出している。暗い情念とでも言うのだろうか、こんな男も珍しい。

「三十代半ばぐらいかな。大方、売れない絵描きか何かだろ。絵描きの間で浮世絵が大層な人気だそうだから、見物にでも来たんだろう……」

鼻の頭を指先でしきりにこするのは思案する時の癖である。男のほうを盗み見ながら品定めに余念のない儀助であったが、この日の勘は冴《さ》えていた。なぜならば、男の名はフィンセント・ファン・ゴッホといい、職業は画家であったのだ。

もっとも、儀助が彼の名前を聞いたとしても、何とも思わず、記憶にも残らなかったにちがいない。なぜならば、当時のゴッホは売れない無名の画家であり、「ひまわり」や「糸杉」などの作品群が高い評価を得るのは死後のことであったから……。

オランダの牧師の家に生まれたゴッホが、紆余曲折《うよきょくせつ》を経た後に画家を志すようになったのは、フランスを旅行している時だった。パリに来たのは一八八六年（明治十九）で、画商であった弟テオのアパルトマンに転がり込んだ。そのパリで彼が出会ったものは、ロートレックや印象派の画家達と彼らの見事な作品であり、日本の浮世絵であったのだ。もちろん、浮世絵自体は前から知ってはいたのだが、ユダヤ系画商ビングの店で数多《あまた》の浮世絵に接したことが新たな画風につながった。

だが、パリでの暮らしは憂鬱な出来事も多かった。儀助と顔を合わせた一八八七年（明治二十）の夏頃、弟テオへの手紙の中で、ゴッホは次のように書いている（『ゴッホの手紙　中』岩波文庫）。

南仏のどこかに引込《ひっこ》んで、人間としてもたまらない沢山の画かき連中に会わないようにしたい。

ゴッホが南仏アルルに移住したのは、翌一八八八年（明治二十一）二月であった。この時すでに、精神に異常を来《きた》していたという。

アルルでは、あの「ひまわり」を描き上げているのだが、いつしか後戻りのできない狂気に蝕《むしば》まれ、自分の耳を、剃刀《かみそり》を使って削《そ》ぎ落とす。拳銃自殺を遂げたのは、そのわずか二年後の一八九〇年（明治二十三）夏だった。

起立工商会社パリ支店──。

陳列してある品々を一通り見終わり堪能したのか、ゴッホがまたも無言で佇んでいる。儀助は彼に歩み寄り、湯呑み茶碗を差し出した。

湯呑み茶碗は、佐賀県西松浦郡有田の製である。十六世紀、朝鮮半島に出兵した後（文禄・慶長の役）、鍋島氏が朝鮮人陶工を連れ帰り、有田の地に住まわせた。有田焼の始まりである。その後、欧州などへ盛んに輸出された有田諸窯も、十八世紀に入る頃からドイツのマイセンなどに押されてしまい、生彩を欠いていたのだが、幕末、再び息を吹き返す。一八六七年（慶応三）のパリ万博に佐賀藩（鍋島藩）が有田焼を出品し、それが功を奏して海外で再び人気が高まった。

ゴッホは、湯呑み茶碗を受け取ると、目の高さまで持ち上げた。絵付けに興味があったのか。儀助は、その場を離れると、店の奥から茶箱を一つ持ってきた。そして、茶箱の中身を指さすと、

「これがあんたに淹《い》れてあげた日本茶だ。嬉野《うれしの》茶という日本茶で、産地はわしの故郷《ふるさと》佐賀県だ」

だが、お茶っ葉などには興味がないのか、ゴッホはあらぬ方角を向いている。その視線を辿《たど》ってみると、テーブルの隅に置いてある茶箱の蓋《ふた》を見ているようだ。蓋は木製で楕円形。「起

立工商會社」の六文字がそこには墨書されている。儀助はすぐさま合点がいった。

「そうか。この男、墨書か漢字が珍しいのか」

たかが茶箱の蓋である。くれてやっても何かで代用すればいい。儀助は蓋を持ち上げて、それをゴッホに手渡すと、持って帰れと手振りで示す。ゴッホもすぐに意味が呑み込めた。にやりと笑って頷《うなず》くと、蓋を小脇に抱え込み、踵《きびす》を返すと扉を開けて出ていった。

儀助はその後ろ姿を見送ると、何事もなかったように腰を下ろして、街路の景色に目をやった。そして、思った。

「やれやれ、また俺一人で留守番か。旅の疲れは癒《いや》せるが……」

前年の暮れ、横浜港で仏船アヴァ号に乗船し、香港やシンガポールなどに立ち寄った後、パリには昨日夕刻に着いたばかりであったのだ。今回は、妻リヤと三女のともも一緒に連れてきたのだが、二人とも疲れきったのか、今日一日は外出を控えてホテルで過ごすと言っていた。

明日以降のパリでの予定を頭の中で反芻《はんすう》するが、明日の朝はホテルからペール・ラシェーズ墓地へ直行し、墓参を済ませるつもりであった。そこには、儀助の養い親であり、長じてからは師であった野中元右衛門《もとえもん》の墓がある。

元右衛門は商人《あきんど》で、佐賀藩御用商人の一人であった。一八六七年（慶応三）のパリ万博に佐賀藩も参同することになったため（日本から参同したのは、ほかに幕府と薩摩藩）、元右衛門も長崎から船に乗り、欧州の地を踏んだのだった。だが、もともと肺が悪かったうえ、長くてつらい船旅がよほど体にこたえたか、五月十二日の夜、パリに着くなり急死した。亡骸《なきがら》はペール・ラシェーズ墓地に埋葬されたが、一八七四年（明治七）、儀助が墓地を訪ねてみると、墓は荒れ果て、目も当てられない有様だった。そこで、大理石の墓石を購入し、イタリア人の石工を雇い、漢字の墓碑銘を刻ませて、墓を再建したのであった。

「あれから十三年が経つわけか……」

忙中閑あり。儀助はいつになく感傷的な気分になっていた。

さて、儀助が持ち帰らせた木蓋であるが、ゴッホはこれをキャンバスにして、一枚の作品を描いている。「Still Life with Three Books」という油彩画で、今でも大切に保存されている（アムステルダム、ファン・ゴッホ美術館蔵）。不遇の画家は、歴史に名を刻まれて、歴史上の人物として生きつづけることになったのだ。

ところが、儀助のほうはと言うならば、歴史の中に埋もれてしまい、忘れ去られた感がある。早稲田大学の創立者大隈重信が、『紐育《ニューヨーク》日本人発展史』（紐育日本人会、大正十年）の序の中で、「松尾儀助氏が起立工商会社を起《おこ》して日米貿易の礎石を築き……」と記したように、儀助は日米貿易の先駆者だった。明治九年（一八七六）、他に先駆けてニューヨーク支店を開いた

「起立工商會社」と墨書された茶箱の木蓋（下）とその裏に描かれたゴッホの作品「Still Life with Three Books」（上）

彼は（ニューヨーク一番乗り！）、明治十一年（一八七八）にはパリ支店も開設し（パリ一番乗り！）、欧米市場に乗り出した。それほどの人物であったのに、なぜか今では忘れられ、人物像や業績も断片的にしかわからない。

もちろん、それには理由もあろう。

儀助は、妻リヤとの間に六人の子供をもうけたが、男子は長男と次男の二人であった。ところが、長男は早くに他界して、次男であった一郎が儀助亡き後、家督を継いだ。その一郎も、一九一八年（大正七）、四十にも届かぬ若さで世を去った。

そのため、家督は儀助の孫（三女ともとその夫野村宗十郎の次男松尾武夫）が相続するが、一九二三年（大正十二）、南関東一帯は関東大震災に見舞われる。この時、武夫が住んでいた父宗十郎の築地三丁目の邸宅も激震に抗しきれず倒壊し、火災の炎に焼き尽くされた（長崎出身の宗十郎は、築地活版製造所社長を務めた人物で、日本における近代印刷の泰斗《たいと》であった）。

当時、宗十郎のところには、田川雄助（儀助の次女錦子の息子）も身を寄せていた。二十三歳の雄助は、地震の直後にわずかばかりの貴重な品と写真を一枚持ち出した。

写真は、雄助の叔母であるカトリーヌ（日本名・可与子）が若かった頃、パリの写真館で撮ったもの。そのほか、儀助を写した写真もあったが、すべて灰燼《かいじん》に帰したため、儀助の容貌は、一八七三年（明治六）のウィーン万博集合写真の中でしか知ることができなくなっている。

松尾儀助の四女・カトリーヌ（1896 年頃、パリにて）

「ウィーン万国博覧会日本事務局員」記念写真

前列中央にオーストリア駐在初代日本公使を務めた佐野常民、その両隣には、後に日本で博物館設立に尽力し有名になった田中芳男、技術・産業上の問題で委員会に助言を与えていたドイツ人ワグネル（ゴットフリート・ワーグナー）が座っている。松尾儀助は最後列中央。松尾の右前が若井兼三郎。

写真以外にも、儀助が残した紙の資料（書類や日記、書簡など）も大震災による火災で失われ、何一つ後世に残らなかった。すなわち、生前の儀助を最もよく知っていた次男一郎が若くして世を去ったこと、そして、大震災による資料の焼失が追い打ちをかけた格好となり、儀助を歴史の片隅へ葬り去ったことになる。

とはいえ、確かに松尾儀助という一人の男が幕末、明治に生きていて、ニューヨーク一番乗りやパリ一番乗りを果たしたし、それだけではなく日本の伝統工芸の守護者の一面も持っていた。

すなわち、彼は、単に物を売るのではなく、技術を保全し高めるために製造所を運営したし、東京商法会議所の委員に就いて、政府に対する提言をまとめたこともある。明治になってからの日本では、伝統的な徒弟制度の崩壊により、美術工芸品の質の低下がひどかった。さらには、粗製濫造《そせいらんぞう》もはびこって、信用は地に落ちていた。儀助はそうした現状に心を痛めていたのであった。

これから儀助の生涯を見ていくが、話は一八三七年（天保八）にまで遡る。

第一章　足軽の子

天保〜弘化年間、肥前国佐賀城下町

儀助の生地は、九州、肥前国《ひぜんのくに》佐賀である。

儀助の父は儀八といい、佐賀鍋島藩の足軽だった。

鍋島と言えば、「鍋島の猫」がよく知られ、歌舞伎狂言「花埜嵯峨猫魔稿《はなのさがねこまたぞうし》」は、いわゆる鍋島騒動に怪猫の祟《たた》りを絡《から》めたもので、嘉永六年（一八五三）の作である。

ここに言う鍋島騒動は、要するに実権争いのことであり、戦国時代、肥前国は龍造寺隆信が支配した。その隆信が、島原の戦《いくさ》で討ち死にすると、隆信の嫡子政家が病弱だったこともあり、肥前国統治の実権は鍋島直茂の手に移り、政家の嫡子高房は二十二歳の若さで憤死する（自害という説もあるのだが、巷説《こうせつ》の域を出ていない）。こうして、龍造寺氏は再興ならず、家系自体が途絶えてしまう。この一連の経緯を鍋島騒動と呼ぶ。

もう一つ、佐賀藩で想起されるのは、「武士道と云《いう》は死ぬ事と見付《みつけ》たり」で有名な『葉隠《はがくれ》』の故郷であることだ。

幕末、若き日の佐賀藩士大隈重信は、『葉隠』を「奇異なる書」と呼んで、偏僻固陋《へんぺきころう》な教訓に反発したとされている（大隈侯八十五年史）。

大隈重信（幼名、八太郎）と松尾儀助は、たった一歳違いで（儀助が一つ年上）、生家も大変近かった。とはいえ、二人の身分には天と地ほどの開きがあり、大隈家は石火矢頭人《いしびや》（砲術長）を出してきた上級士族であった。したがって、二人が出会うのは二十歳を過ぎてからだった。出会った場所も佐賀ではなくて、諸藩の志士らが多く集まり、貿易で賑わう長崎だった。

儀助の父は、前にも言ったが足軽だった。だが、足軽と言っても商人《あきんど》との兼業で、半分は商人であったのだ。

儀助の幼い頃の記憶の中でも、父は豆などを商《あきな》う雑穀商で、足軽だったとの印象はない。覚えているのは、間口二間の狭い店、筵《むしろ》の上にしゃがみ込み、虫の食った豆粒を選り分ける父の後ろ姿ぐらいであった。

半分足軽、半分商人というのも奇妙であるが、そもそも佐賀の城下町では、町人達と徒士《かち》（騎乗を許されない下級武士）、足軽達が入り交じり、軒《のき》を連ねて住んでいた。また、足軽などの身分があっても、普段は小間物店や提灯屋、材木屋などを営むか、琴三味線細工といった職人仕事に従事した（嘉永七年＝一八五四年、佐賀城下、材木町竈《かまど》帳）。

弘化二年（一八四五）、足軽は藩全体で約二千五百人を数えたが、足軽の場合、切米《きりまい》（俸禄米）高は五石五斗が普通であって、長柄鑓《ながえやり》足軽だと一石だった。身分的には徒士、足軽であれ切米はわずかであったから、別の仕事も持たないと干上《ひあ》がりかねなかったにちがいない。

それでも、徒士には徒士なりの、足軽にも足軽なりの矜持《きょうじ》があった。佐賀藩は、一揆や村方騒動が稀な藩として知られるが、これは村方においても足軽などと百姓が混在していたためである。村では足軽も普段は百姓と同じであったが、百姓そのものではなく、彼らが村にいることで、一揆や村方騒動が抑制された。

では、儀助の父儀八はどうか。儀八にも足軽の矜持があったのか。

儀八はどうも、矜持どころか、足軽という身分自体を嫌悪した。

儀助が六歳の時だった。夜になり、三歳になったばかりの妹リンはすでに眠りについていた。儀助も眠くてたまらない。すると、普段は寡黙《かもく》で、滅多に口を開かない父親が、

「儀助、お前、足軽は好きか」

と問うのであった。何と答えればいいのかわからない。黙っていると、儀八はぽつりぽつりと言葉を継いだ。

「わしは、足軽なんぞは好かないな。わしが長崎におった時、足軽仲間は暇じゃと言うては、酒に博打《ばくち》に女郎屋じゃ。それに喧嘩もようあった。足軽なんぞは嫌じゃのう。百姓、町人で十分じゃ」

長崎、それに足軽だって？　儀助には何のことだかさっぱりだった。

「父ちゃんは豆屋の主《あるじ》じゃろ。何を言うとるのかわからんぞ……」

儀助は、商人の父しか見たことがない。わかれと言うほうが無理だった。儀八がこの時に言わんとしたのは、長崎御番（長崎警衛）のことだった。

鎖国が国是であった江戸時代、周知のように長崎は日本で唯一の貿易港で、入港を認められたのはオランダ船と中国船だけだった。

この長崎を治める長崎奉行は、旗本、御家人の中から抜擢されたが、知行高は一般に二千石～三千石以下だったから、軍事的には無力であった。そこで、幕府は、佐賀、福岡の両藩に、長崎の警備、防衛を押しつけて、一年交代で当たらせた。これが長崎御番であって、二百数十年の長きにわたり（寛永十八年＝一六四一年～元治元年＝一八六四年）、両藩の重責となっていた。

だが、長崎御番も、太平の世が続く中では形骸化するのを避けられず、物見遊山《ものみゆさん》と化していた。フェートン号事件が勃発したのは、そんなさなかのことであり、この一件により佐賀藩は俄然《がぜん》窮地に立たされた。

事件のあらましはこうである。

文化五年（一八〇八）、英国の軍艦フェートン号がオランダ国旗を掲げて長崎港に入ってきたのは、夏の盛りの八月だった。長崎奉行所の役人、通詞（通訳）、オランダ商館員がオランダ船と思って出向いていくと、正体を現した英国兵が商館員二人を人質にとり、彼らの身柄と引き替えに水、食糧を渡せと言ってきた。

当時、欧州ではフランス皇帝ナポレオン一世が覇権を握り、英国への上陸作戦には失敗したが、大陸においては無敵であった。オランダにも、文化三年（一八〇六）、自らの弟ルイを国王として送り込み（オランダ王国）、傀儡《かいらい》国家としてしまう。

その結果、フランスとともにオランダは英国の敵対国となったから、英国とて黙っていない。オランダの商権を奪うため、オランダ船の拿捕《だほ》に乗り出した。フェートン号が長崎に来港した目的も、オランダ船の拿捕だった。

さて、港内に停泊したフェートン号は、ボートを下ろし、オランダ船の捜索まで行った。今の言葉で言うならば、主権侵害以外の何ものでもなく、傍若無人《ぼうじゃくぶじん》な振る舞いだった。長崎奉行松平康英《やすひで》が激昂したのも無理はない。康英は、この年の当番だった佐賀の藩士に急遽出動を命じたが、ここに至って信じがたい事実が明らかとなる。

つまり、一千人規模の藩兵が長崎に詰めているはずだったが、実際にはこの時何と百数十人しかいなかった。そのうえ、戸町、西泊両番所備え付けの大砲もわずかに十一門を数えるだけだった。フェートン号は砲四十八門を載せていたから、四分の一にも満たない砲数だ。

それを聞き、康英は顔色を失った。軍艦と言ってもこの頃はまだ帆船だったし、しかもたったの一隻だ。オランダ商館員の話では、乗組員も三百数十人がいいところ。それでも、こちらの藩兵百数十人と旧式大砲十一門を遥かに上回る戦力だ。佐賀藩は何をやっている！

フェートン号は図に乗り、港内の和船を焼き払うとまで脅しをかけた。それに対してなす術のない康英は、やむなく彼らの要求をのみ、商館員の解放と引き替えに水や食糧を運ばせた。出島のオランダ商館に至っては、豚や牛まで差し出した。長崎奉行も、佐賀藩も当てにはできない非常時で、平身低頭、慈悲を乞うしかなかったか。

そして、フェートン号が長崎から退去した八月十七日の夜だった。康英は不始末の責任をとって腹を切る。佐賀藩に対する恨み言を書き遺《のこ》し……。

日本あるいは佐賀藩から見るならば、欧州の政治情勢のとばっちりをくった格好だ。とはいえ、遠国《おんごく》奉行としては、京都町奉行、大坂町奉行よりも格上で、江戸町奉行に次ぐ位《くらい》を持った長崎奉行が腹まで切った一大事。図らずも怠慢と手抜きが露呈した佐賀藩とても、咎《とが》めのなかろうはずがない。

そこで、佐賀藩は、長崎番所の番頭《ばんがしら》、千葉三郎右衛門胤明と蒲原次右衛門好古の二名を死罪に処して、さらに藩士が腹を切り、収拾を画策したのであった。だが、累が藩主に及ぶのをくい止めることは叶《かな》わなかった。幕府は、藩主鍋島斉直《なりなお》に逼塞《ひっそく》処分を科したのだ。逼塞とは門を閉ざして昼間の出入りを許さないという刑罰で、いっさいの出入りを許さない閉門よりは軽い刑だが、お殿様ともなれば話は別だ。刑が解けたのは百日後のことであり、この間、歌舞楽曲を禁じられた佐賀の城下は静まり返り、何をするのも憚《はばか》られる有り様だったようである。

衝撃を受けた佐賀藩は、武器の増強、台場（砲台）の増築などを行ったほか、藩士の引き締めを図ったが、長続きはしなかった。時間が経つにつれ、「鍋島武士は腰抜けだ」と嘲笑されたことへの無念も薄れ、「精神もすぐにゆるみ出し、幾度も朝改暮変の令を繰返すばかりで刷新の実を挙げることが出来なかつた」（大隈侯八十五年史）。

儀八が長崎御番に行かされたのは、まさにそんな時だった。士気も上がらず、荒《すさ》んだ空気が漂う長崎で、たるんでいるのは侍も足軽も同じであった。儀八にはそれが我慢ならず、心底嫌気がさしていた。

それに、儀八は、もともとは百姓だったのだ。

松尾は妻スマの姓である。スマは、松尾喜兵衛の長女であった。喜兵衛には男子がおらず、このままでは松尾の姓が途絶えてしまう。そこで、喜兵衛は長女に婿養子をとろうと考えた。そして、婿探しをするうちに、儀八はどうかと勧める人があったのだ。

その頃、儀八は、佐賀東北方の神埼のあたりに住んでいた。百姓家の次男坊、朴訥《ぼくとつ》、謙虚な人柄で、働き者だと評判だった。さっそく人を介して縁談話が進んだが、儀八はかなり躊躇《ちゅうちょ》した。なぜなら、松尾は代々、足軽だった。足軽は世襲であったから、婿に入れば儀八にもいずれは足軽となる日が来るのだが、戦なんぞはまっぴら御免、足軽などより百姓のほうが性に合っていた。

だが、断るには惜しい話であった。

城下町と神埼は五里にも満たない距離である。儀八は城下町へ出た折に、人を頼んで松尾の家へ案内させた。そして、物陰から覗き見しているうちに、運よくスマが表に現れた。

「あれがスマさんだ……」

と囁《ささや》かれ、儀八の体が固まった。城下町育ちのスマの容姿は垢抜けて、肌の色も白かった。愛くるしい笑顔も魅力であった。

よくよく考えてみるならば、何も今すぐ足軽にされるわけじゃない。戦とて遠い昔話になっている。そのうえ、喜兵衛は、小さいながらも佐賀の城下に店《たな》も持たせてくれると言った。案じることもないだろう……。儀八とスマが結ばれたのは、それからすぐのことだった。


それにしても、なぜ儀八は、足軽なんぞは嫌だ、百姓、町人で十分と突然儀助に言ったのか。

実はその頃、漠然とながらも儀八は不安になっていた。徳川様の幕府があるかぎり、大名同士の戦などはあるはずがない。だが、異国はどうだ？　異国と戦になっても変じゃない。俺の息子である以上、儀助にも足軽となる運命が待っている。俺の時代は、戦を知らずに済んできた。だが、息子の時代はどうだろう？　おろしゃ（ロシア）、えげれす（英国）、めりけん（米国）と戦になったりはしないのか？　儀助の行く末が心配だ……。

儀八の不安も、取り越し苦労とばかりは言い切れなかった。

モリソン号事件が起きたのは、儀助が生まれた天保八年（一八三七）のことだった。米国の商船モリソン号が、日本人漂流民七人を乗せ浦賀に来航したところ、浦賀奉行が英国の軍艦と誤認して、異国船打払《うちはらい》令に従って砲撃を加えて威嚇した。その後、モリソン号は鹿児島湾でも薩摩藩から砲撃された。この時、蘭学者渡辺崋山、高野長英らは幕府の攘夷策に反対し、投獄の憂き目に遭っている。これがいわゆる「蛮社《ばんしゃ》の獄」で、幕府の目付鳥居耀蔵《ようぞう》が蘭学者を弾圧するため画策した事件であった。

天保十一年（一八四〇）、儀助は数えで四歳だったが、この年には英国と清の間でアヘン戦争が勃発し、その結末は清が惨敗を喫するという信じがたいものだった。

アヘン戦争に関する情報は、オランダ船と中国船から長崎経由で江戸の幕府にもたらされた。衝撃を受けた幕閣は、天保十三年（一八四二）、紛争の火種ともなりかねない異国船打払令を撤廃し、それに代わるものとして薪水《しんすい》給与令を打ち出した。外国船が来航したら薪水および食糧を与えた上で速やかに退去させよというのであるが、打払令はその後も何度か復活の動きがあったのだ。

アヘン戦争などの消息は、抜け荷《ぬに》（密貿易）のために九州近海に出没していた中国船からも伝えられ、噂を通して庶民もけっこう知っていた。しかも、佐賀藩は長崎御番があったから、

異国や異国の脅威が身近であった。『大隈侯八十五年史』にも、
佐賀藩の長崎防備制として外船出入の際には「三里走り」「無時早走り」など称する飛脚を以《もっ》て、これを佐賀に急報し、佐賀では寺社の鐘と盤木を叩いて、城下に遍《あまね》く知らせる設備があつて外船長崎入港の度毎《たびごと》に、火事場のような光景を現出した。
とあり、むしろ江戸などの庶民のほうが異国は遥かに遠かった。
だからこそ、儀八は不安になっていたのだが、悪い予感ほど当たるもの。後年、儀助は本当に、おろしゃの兵と長崎で刃を交えることになる……。

儀八が、妻子を残して他界したのは、儀助が数えで七つになった天保十四年（一八四三）の春だった。
咳《せき》とともに高熱を出し、悪寒、胸痛を訴えて、呼吸困難に見舞われた。症状から推測すると、肺炎であったにちがいない。スマが慌てて薬を買いに走ったり、夜を徹して看病したりしたのだが、その甲斐もなく四日目の深夜に息絶えた。享年四十一歳の若さであった。

今際《いまわ》の際《きわ》の一言は、「頼む……」と短いものだった。苦しい息の中、絞り出すようにして発した「頼む」とは、子供たちを「頼む」であったろう。表向きは決して子煩悩ではなかったものの、最期を覚悟した儀八にとって心残りであったのは、息子儀助と娘リンの行く末だった。

なお、『商海英傑伝』（明治二十六年＝一八九三年、瀬川光行編）に収められた「松尾儀助君伝」を見てみると、

君（儀助。引用者注）七歳にして孤となり、親戚野中元右衛門氏に鞠育《きくいく》せらる。


となっている（本書の中の引用文は、適宜ルビを付したほか、原文にはない句読点も随所で補った）。儀助は七歳の時に孤児となり、その後は親戚である野中元右衛門の手によって大切に養い育てられたと述べている。

このような記述があったため、儀助は幼い時に両親を二人とも亡くしたと誤解されてきた。だが、父儀八の他界は事実であるが、母スマはその後も健在で、最後は天寿を全《まっと》うし、亡くなったのは明治も中頃、九十歳の時だった（没年は明治二十年＝一八八七年）。

『商海英傑伝』は、儀助の存命中に出された本である。にもかかわらず、なぜこのようなとんだ間違いがあるのだろう。儀助はおそらく、母親との突然の別離という、心痛む幼時の体験を

蒸し返されるのが嫌だった。だから、そのあたりの事情に関しては誤魔化していたにちがいない。

また、「松尾儀助君伝」は、元右衛門は儀助の「親戚」だったと言うのだが、いかなる親戚だったのか。『仏国行路記』（昭和十一年、鶴田伸義編）に収められた「野中古水伝」には、親戚だとは書かれていない（古水は元右衛門の号）。

この人（儀助。引用者注）は、古水の父、久右衛門が、神埼町出身の関係から、神埼町に住んでゐた彼を野中家に迎へ、客分として待遇してゐた……（野中古水伝）

血縁ではなく、地縁であったということだ。このように、「松尾儀助君伝」、「野中古水伝」の記述を比べてみると、全く一致していない。これは、いったいどうしたことか。

真実は、おそらくこうだった。

前にも書いたが、儀助の父は神埼の生まれだったから、元右衛門の父久右衛門とも神埼で何らかの関係があったのだ。親戚ではなかったと言い切ることもできそうにない。当時は、土地に根を張り、狭い地域で生涯を送ることが多かった。そうした中で、遠い血の繋がりか姻戚関係があったとしても、不思議でも何でもなかったわけだ。

ただし、「野中古水伝」に、儀助が「神埼町に住んでゐた」とあるのは誤りだ。儀助の生家は、佐賀の城下なのであり、古い話であるために、誤解があったにちがいない。

儀助は父を失った後、野中元右衛門に引き取られ、このことが儀助の運命を、ひいては彼の生涯を決定づけていくことになるのだが、元右衛門とはいかなる人物であったのか。

野中元右衛門は、文化九年（一八一二）の生まれであった。

その父久右衛門は、烏犀圓《うさいえん》本舗の六代目野中源兵衛の婿養子であったそうである。烏犀圓本舗は、佐賀城下、材木町に店《たな》を構える佐賀藩御用達商の一つであった。

久右衛門は、野中家当主七代目源兵衛恭豊がまだ若輩であったため、代わって家業を差配した。家業とは、不老長寿と若返りの妙薬として有名な烏犀圓の製造、販売であり、藩許によって独占的権利を持っていた。烏犀圓は、中国宋代の処方集『太平恵民和剤局方』に記載がある和漢の生薬で、牛黄《ごおう》、高麗人参、当帰《とうき》、川芎《せんきゅう》、陳皮《ちんぴ》などが配合されている。

七代目源兵衛恭豊は、文政十年（一八二七）、後継ぎとなる一子（八代目源兵衛安貞）をもうけたが、同年六月、三十五歳の若さで他界した。そのうえ、その後間もなく久右衛門までこの世を去るという予想外の事態に立ち至るのだが、八代目源兵衛安貞は、生まれたばかりで、家督を継げるはずもない。そこで、元右衛門が家業を取り仕切り、八代目源兵衛安貞の成長を見

野中元右衛門

守ることになったのであり、烏犀圓本舗はこの時期に、佐賀でも屈指の豪商へと上り詰めていく。

だが、元右衛門には大きな願望があり、この頃彼は、雌伏《しふく》して時が来るのを待っていた。願望とは、長崎に出て、貿易業に乗り出すことだった。八代目源兵衛安貞が大きくなって、烏犀圓から手を引けたなら、佐賀を離れて長崎へ雄飛するつもりであったのだ。

元右衛門が儀八の他界を知ったのは、そんな折のことだった。

春先から商用で関西方面に行っており、夏の盛りに佐賀へ戻ると、訃報《ふほう》が彼を待っていた。聞けば、子供を残して逝《い》ったため、スマが途方に暮れているという。元右衛門は、銭を和紙でくるむと、懐《ふところ》に入れ出かけていった。香奠《こうでん》ではなく御仏前の時期となっていた。

だが、あいにくスマは留守だった。リンを連れ、どこかに行ったようである。家には儀助一人であった。

「坊、線香を供えるが、よろしいか」

儀助は、こくりとうなずいて、破れた畳に両手をついて頭を下げた。そして、立ち上がると、茶碗を持って出ていった。夏の盛りの昼下がり、元右衛門の額や首には汗がしたたり落ちていた。

やがて、息せき切って儀助が戻る。差し出された茶碗の中には冷たい井戸水が満ちていた。初めて見る儀助の姿。確か、六〜七歳のはずだった。

「ひょろひょろしとるが、利発そうな坊主だな」

そう思った瞬間、あることがふと脳裡に閃《ひらめ》いた。

「坊、わしは帰るぞ。母ちゃんによろしゅう言ってくれ」

よろしゅうも何も、名前も告げてはいなかった。用意の紙包みも出し忘れ、慌ただしく家路に就くのであった。

その日の夕暮れ、スマを訪ねて、烏犀圓の手代がやって来た。丁重な言葉遣いで、

「手前どもの主人の言い付けで参りました。主人が申しますには、明日にでも訪ねてきてもらいたい、こちらから出向いていくのが筋ではあろうが、勝手ながらお呼び立てするとも申しておりました」

用向きを尋ねてみたのだが、手代は何も聞いてはいなかった。そういえば、だいぶ前、儀八が商いで損を出し、十両ほど借金したが、あのことか……。だが、あの金子《きんす》は儀助が生まれたすぐ後に、男子誕生の祝いと言って帳消しにして下さったはず。そうすると、ほかには何が……。スマはともかく、

「わかりました。幼い娘連れなので、明日の朝、涼しいうちに……」

と答えて手代を見送った。

翌朝、スマはいつもよりも丁寧に身繕《みづくろ》い、「野中様のお店へ行ってくる。腹が空いたら握り飯を食べろ」と儀助に言うと、リンと二人で家を出た。

烏犀圓では、元右衛門がスマを出迎えた。元右衛門は痩身で、容貌は精悍《せいかん》そのものだった。武士とも見まがう威厳に溢れているのだが（後のことだが、元右衛門は手明鑓《てあきやり》という士分に取り立てられて、羽織袴《はおりはかま》に大小をさした写真が残っているが、その姿は侍そのものだった）、この日はなぜか、いつになく柔和な表情だった。スマは、ほっと胸を撫で下ろす。元右衛門は、スマを座敷に招き入れるや切り出した。

「スマ殿、わしには夢があり申しての。烏犀圓を八代目に継がせたら、長崎へ出ようと考えておる……」

長崎では異国との商いを手がけたい。だが、一人では心許《こころもと》なく、同志が欲しい。誰でもいいというのではない。気心の知れた同志がほしい。

「そこでだ、スマ殿。頼みがあるのじゃが、儀助をわしに預けてみんか。お呼び立てしたのはそのことじゃ。儀助がいては話しづらかろうと思うての。

まだ年端《としは》も行かぬ童《わらべ》ゆえ、離すのは不安であろうが、心配めさるな。丁稚《でっち》にしようというのではない。客分として迎えよう。読み書き、作法もしかと学ばす。長じたら、長崎で商いじゃ。わしの同志であり弟分じゃ。儀助には商人として身を立たす。どうじゃ、わしに任せてもらえぬか」

なぜ、儀助に白羽の矢を立てたのか。元右衛門は、そのこともスマに話すのだった。

「気の利く坊だと、一目で気に入り申した。気概を持てば、必ずや大物にもなり申そう。儀助にはそれだけの天分がある。わしはそう睨《にら》んでおるのじゃ。歳月をかけ、育ててみようと思うのじゃ」

所詮は足軽の子でしかない儀助には、もったいないほどの話であった。スマは、夫亡き後、不安でいっぱいになっていた。女手一つで商いを続けていけるはずもなく、子供を養っていけるのか。頼ろうにも、父喜兵衛はすでに亡い。親類とて大方はその日暮らしであったのだ。

そうした時に、黒田屋敷への奉公話を紹介してくれた者がいる。白山町に住む足軽頭で、儀八は彼の配下であった。白山町は、大坂商人が佐賀に来て、「しら山町という城下中にて第一の町並なり」（薩陽往返紀事）と記したように、城下で最も栄えた町である。それだけに、いろいろな伝《つて》もあったのだ。

これは、スマにはまたとない話であった。子連れでもいいという。雨露を凌《しの》げる場所があり、一家が飢えることもない。だが、スマは迷った。リンは女の子だから、大きくなったら母を手伝い、母の後を継げばいい。しかし、儀助はどうなる？　奉公人の息子ふぜいに、見るべき明日などないだろう。スマは手をつき、頭を下げた。野中様に委《ゆだ》ねたほうが必ずや儀助のためになる。

「よろしうお願い申します。儀助を何とぞ一人前に……」

スマ達が家へ帰ったのは、その日の夕方過ぎだった。

空きっ腹を抱えた儀助を横目に、スマは休む間もなく晩飯づくりだ。リンは畳に横たわり、すやすやと寝息をたてている。

味噌汁の具にする大根をトントンと刻みつつ、ふと思い出したようにスマが言う。

「母ちゃんの巾着《きんちゃく》、開けてみい。丸芳露《まるぼうろ》が入っているから食べんしゃい。リンは御馳走になってきたから、お前一人で食うていい」

元右衛門が持たせてくれた、和紙でくるんだポルトガル伝来のこの菓子は、滅多なことではお目にかかれぬものだった。

夕飯はいつもの一汁一菜。菜は野菜の煮付けであった。それに沢庵《たくわん》が付いただけ、いつもよりは豪勢だった。スマは、箸《はし》を休めると、儀助に向かって沈みがちにこう言った。

「儀助にはまだわからんだろうけど、父ちゃんが死んで、母ちゃん、本当に困ったわ。商いは母ちゃん一人じゃできないし、お前達もまだ小さいし……」

ここまで言うと、スマは麦飯をほんの少しだけ口に運んだ。

「それでな、今日、野中様が、儀助のことは案じるな、野中様が育てて下さると、母ちゃんに言うて下さった。だから、母ちゃん、お頼み申した。儀助、お前は野中様の屋敷に行きんさい。母ちゃんはリンと一緒に黒田屋敷へ奉公に出る。親類筋への挨拶も、今日、済ませてきたからの。お前とはもう……。リンも、お前がおらんと寂しかろうが……」

母親そして妹と離れなければいけないらしい。それは子供心にもわかったが、黒田屋敷とはどこだろう？　聞いたこともない場所だった。儀助は混乱した。いったい何が起きたのか？何がわが身に降りかかりつつあるのだろうか？

それからのことは覚えていない。微かに記憶に残るのは、翌日だったか、烏犀圓の番頭を名乗る男がやって来て、彼に連れられ、お店《たな》まで歩いたことだった。ただならぬ雰囲気が伝わったのか、リンはしゃくりあげていた。母から渡された風呂敷包みは、わずかばかりの衣類であった。

烏犀圓までは子供の足でもすぐだった。にもかかわらず、元右衛門がスマには送らせず、番頭を寄こしてくれたのは、母親としての心情を慮《おもんぱか》ってのことだろう。スマが送れば、帰りはわが子を置き去りにして家路を辿ることになる。それではあまりに不憫《ふびん》であった。

烏犀圓に着く頃、儀助のべそはやんでいた。だが、頰《ほお》には真っ黒な筋が幾本か。涙がつたい、砂埃《すなぼこり》がついたのだ。

元右衛門は、無言ではあったが穏和な顔で出迎えた。そして、居宅へ移ると、家人に何か言い付けて、自身は奥へ引っ込んだ。

家人達は、やれ風呂は焚けたか、夕餉《ゆうげ》はできたか、床は延べたかと慌《あわ》ただしく立ち働いた。その間、儀助には見たこともない南蛮菓子が与えられ、それから幾日も経ってから、使用人の一人が、あれがカステーラだと教えてくれた。

翌日、スマは、リンを連れ、黒田屋敷に奉公に出た。子孫の間で、そのように語り継がれてきたのだが、黒田屋敷とはどこだろう？　遠く離れた江戸黒田屋敷に出たのだろうか。スマは長寿であったから聞かされた者もあるのだろうが、不思議なことに、それがわからなくなっている。

数日後、儀助は、東の空がほんのり明るくなるのを待って、元右衛門の屋敷を抜け出した。目指すは母と妹の待つ家だった。普段なら、スマはとっくに起き出して、飯を炊いている頃だった。

ところが、辿り着いたわが家はもぬけの殻で、家財も何もきれいさっぱり消えている。儀助は悟った。自分には帰る場所がなくなった……。いや、たった今逃げ出してきた野中様の住むお屋敷がこれからの帰る家なのだ。母ちゃんは俺を捨てたのだ！

後日、元右衛門は儀助を呼ぶと、「母ちゃんに恨み言を言うではないぞ」と諭《さと》しつつ、子供には難しいかとは思ったが、すべての事情を語るのだった。それを聞き、儀助は理解した。母の気持ちも、元右衛門がなぜ自分を気に入り、預かったかも。

儀助七歳の夏だった。

第二章　ロシア艦隊の来襲

嘉永年間、長崎蔭ノ尾島佐賀藩台場

野中元右衛門は、なぜ通商貿易を志したか。「野中古水伝」には、

全国的には、欧州各国軍艦、商船の来訪となつて、漸《ようや》く開港、攘夷の無気味な対立のきざしが、月日を逐《お》ふに従つて、濃厚となつて行つた。此《こ》の過渡的時勢こそ、人物飛躍の好チヤンスであつた。天資英明の元右衛門は、早くも此の時代性を看破し、深く期するところがあつた……

此《こ》の頃は、藩の財政は、極度に窮乏し、広く倹約令を強制するとゝもに、藩財政を救ひ得る偉傑出現を待望するの声、久しきものがあつた。

とある。

「時代性を看破」したのは確かであった。だが、攘夷かそれとも開国か、依然定まらぬ時期でもあって、通商貿易にかけるのは博打《ばくち》と言うしかなかったが、九州佐賀にいた元右衛門には、貿易がいかほどの富をもたらすか痛いほど理解できていた。

なにしろ薩摩藩などに至っては、茶坊主から出世し家老になった調所広郷《ずしょひろさと》が、破綻した藩財政を立て直すため、琉球を利用した清国との抜け荷に手を染めていた。広郷は、抜け荷以外にも、五百万両もの借金を踏み倒し、偽金を密造するなど、あの手この手で財政再建を成功させた。だが、密貿易が露見して、服毒自殺を余儀なくされた。抜け荷は確かに国禁だったが、そう定めたのは幕府であって、広郷の不幸な最期も、自業自得というよりは、単に運が悪かったのだ。

なお、「野中古水伝」にもあるように、佐賀藩も薩摩同様、財政難に陥っていた。貨幣経済の浸透という他藩にも共通する要因のほか、フェートン号事件があって以降は長崎御番に充てる費用がかさむ一方だったのだ。大砲だけに限ってみても、事件の時にはたった十一門だった砲数が、事件後一挙に、百二十四門にまで増えている。要した費用は定かでないが、莫大な額であったろう。

さらに追い打ちをかけたのが、フェートン号事件で処罰を受けた藩主鍋島斉直の目に余る浪費癖と愚挙だった。藩財政厳しき折に、もうけた子供の人数が四十六人だそうだから、呆れて物が言えない。

この斉直が隠居して、斉直の十七男（！）直正が第十代藩主となったのは、天保元年（一八三〇）のことだった。

鍋島直正、号は閑叟《かんそう》。江戸で生まれ、江戸藩邸で育った十七歳の直正が、家督を継いで初めて佐賀へ帰る時、藩邸と従者らの借金が未返済であったため、行列に商人達が追いすがり品川で足留めを食ったほど、藩の窮乏はひどかった。驚き、嘆き悲しんだ直正は、この年に出した申渡しに「万端 専《もっぱら》 質素倹約」と書いている。

このように、浪費に明け暮れた前藩主とは似ても似つかず、第十代藩主直正はなすべきことを知っていた。だが、藩政改革に乗り出そうにも、隠居した父とその取り巻き連中が足を引っ張り、思うように事が運ばない。そんな折のことだった。天保六年（一八三五）、佐賀城二の丸が失火によって焼け落ちた。直正はこれに乗じて人事を刷新、藩政改革に着手する。

一例を挙げれば、疲弊した郷村復興のため、地主から土地を取り上げて小作人達に分け与え（均田制度）、殖産政策を奨励したほか、藩校弘道館から逸材を多く取り立てた。

また、蘭学や西洋式砲術（髙島流砲術）の導入などにも前向きで、髙島秋帆《しゅうはん》を通してオランダから新式銃（燧石銃《ひうちいし》）や大砲なども買い入れた。後には反射炉まで築かせて、大砲を鋳造させている。

元右衛門が注目したのは、そうした藩主直正の進取の気性であったのだ。直正様のお目は澄んでおる。西洋の文物であれ、いいものはいいと仰《おお》せになって、躊躇《ためら》うことなく自家薬籠中のものとする……。

そんな直正だからこそ、通商貿易という宝を前に手をこまぬいているはずがない。佐賀藩には今、金がいる。藩を挙げ貿易に乗り出す日は遠くない。その時には、元右衛門ら佐賀商人にも千載一遇の好機となろう。彼はそこまで読んでいた。

弘化三年（一八四六）、儀助は九歳になっていた。

この頃は、学び、学びの日々であり、読み書き、算盤《そろばん》の先生は、烏犀圓本舗の手代や番頭達だった。また、古水と号した元右衛門は、歌人という別の顔も持っていて、その方面の知己《ちき》も多かった。儀助が弟子入りした書の先生は、そうした歌人仲間の一人であった。元右衛門は、商人には歌舞楽曲の才も必要と言い、謡の師匠までつけていた。

とはいえ、儀助にしてみるならば、遊び盛りで、窮屈なのも確かであった。わがままの言える母もおらず、夕暮れ時や夜半には、やはり寂しさがこみ上げて、涙する日も多かった。

そんな儀助の母親代わりは、野中家の下女のタミだった。タミは年の頃三十前後で、武雄鍋島家の領地であった柄崎《つかさき》（現・武雄）の百姓だったというが、夫に先立たれてしまったために、柄崎を離れて、城下町の野中家で年季奉公の最中だった。タミは元右衛門から儀助の世話係を仰せ付かった。純朴な女であったから、儀助もたちまちなついたし、一人息子を柄崎に置いて出てきたタミのほうでも儀助が可愛くてしょうがない。

一方、元右衛門は儀助にとって相変わらず怖い存在だった。別に怒るわけではないのだが、怖いものは怖かった。

もっとも、元右衛門の話は面白かった。話といっても、商いで経験したことを語って聞かせるだけである。だが、商いへの周到な考え方や、元右衛門の信条、人格までが表れていて、吸い込まれそうな深みがあった。相変わらず面と向かえば堅苦しさが抜けきれず、「野中様」「坊主」の仲であったが、前とはどこか異なる感情が芽生えるようにもなっていた。

弘化三年（一八四六）、待ちに待った時が来た。この年、八代目源兵衛が二十歳を迎え、ようやく烏犀圓本舗から元右衛門は解放されたのだ。

元右衛門は佐賀を離れて、長崎へ行くことになるのだが、前にも言ったが、「野中古水伝」によるならば、元右衛門が長崎へ移り住んだのは、嘉永初年（一八四八）頃だとなっている。だが、「野中古水伝」には「貿易に従事したゞろうと思われる」とあり、どうにもこうにも歯切れが悪い。しかも、

長崎新橋町に別宅を構へ、当時、蘭学寮にあつた佐野栄寿左衛門、大隈重信、小出千之助らと交わつたのは、此《こ》の頃よりで、彼等を通じて、オランダおよび蘭商の事情を知らん

と努めた……

ともあり、話が相当飛んでいる。

つまり、嘉永初年、大隈重信（八太郎）は、数えでまだ十一だった。彼が佐賀藩の蘭学寮に入舎したのは、元右衛門が長崎に出てから八年経った安政三年（一八五六）のことである。また、蘭学寮も嘉永初年頃には存在しない。蘭学寮ができたのは、嘉永四年（一八五一）のことだった。

元右衛門が、佐野栄寿左衛門、大隈八太郎達と交わったのは事実であるが、それはしばらく後のことであり、そこに至る数年間を、元右衛門は何をして過ごしていたのだろうか。今となってははっきりしないが、無為無策だったとは思えない。貿易商としての確かな地歩《ちほ》を固めつつあったにちがいない。

あるいは、佐賀藩主鍋島直正は、藩の貴重な財源として、開国前から抜け荷に関わっていたという。だとすれば、元右衛門も藩の抜け荷に荷担してはいなかったのか。元右衛門は、謎の多い人物だ。これについては、後で述べる機会があるだろう。

ちなみに、佐野栄寿左衛門とは佐賀藩士佐野常民のことであり、維新後は、大蔵卿、元老院議長、枢密顧問官、農商務相などを歴任したほか、博愛社（現・日本赤十字社）の創立者としても歴史に名を残している。また、小出千之助も佐賀藩士の一人であって、勝海舟の座乗する咸臨丸《かんりんまる》の随行で知られる幕末遣米使節団に通詞として同行し、帰藩後は米国で見聞したことや英学思想を語り広めて、大隈重信など多くの藩士に多大な影響を及ぼした。このような錚々《そうそう》たる面々と元右衛門は関係を持っていた。

さて、儀助のほうはと言うならば――。

嘉永六年（一八五三）、覚悟のうえだが、できれば避けて通りたかった嫌な務めがやって来た。儀助、この年、数えで十七。父儀八の後を継ぎ、長崎御番に足軽として遣《つか》わされることになったのだ。

いずれは巡ってくる運命だったが、元右衛門の養子となるなど逃げる手立てはなかったか。だが、松尾の姓を絶やさぬために、儀八は婿養子になっている。それを思うと、養子とするのは憚《はばか》られたにちがいない。

長崎での儀助の務めは、蔭《かげ》ノ尾《お》台場の守備だった。

当時の長崎港周辺は随所に台場が築かれていて、石火矢（大砲）および大筒が砲口を海へ向けていた。海から見るとその様は、まるでハリネズミのようだった。

香焼島《こうやぎ》の北東にあり、長崎港への入り口を望む蔭ノ尾島も、佐賀藩家老深堀鍋島家の領地で

大国町および出島と長崎港口

立山（現長崎駅前）から長崎市内と港口を遠望する。海岸沿いに各藩の蔵屋敷がみられ、旧市内の建物、西役所、出島、大浦居留地、大浦教会がみえる。海上には船舶が多数（長崎大学附属図書館所蔵）。

あって、長崎防衛の要《かなめ》であった。そのため、蔭ノ尾島の蔭ノ尾台場は石火矢（大砲）五挺、大筒三挺、長刀《なぎなた》岩台場は石火矢十九挺、大筒三挺という大層な構えであった。対岸の高鉾島にも強固な台場が築かれていて、港へ侵入せんとする軍艦を挟み撃ちにする配置であった。フェートン号事件をきっかけに台場が増築されていたのだが、海防にも意欲的な直正が藩主になって、さらに増強されていた。

儀助も初めは、あまりの仰々しさに驚いた。軍艦が攻めてきても数隻だ。なのに、これほどの備えが必要なのか。西洋の新式軍艦はそれほど手強いものなのか。

だが、元号が嘉永に変わって以降、軍艦絡みの騒動は特に起こっていなかった。それに、儀助は若輩者で、銃なども扱い慣れていなかったため、飯炊きばかりを命じられ、後は台場の石垣修理に駆り出される程度であった。そうした中で、いつしか緊張も解けていき、何も思わなくなってきた。

しかも、佐賀では学んでばかりであったから、解放感もあったろう。潮風も清々しくて心地いい。新鮮な魚も手に入る。小四郎という名の、やはり佐賀城下から来ている同年輩の足軽仲間とは意気も合い、無駄口で暇を潰すのが二人の日課となっていた。

「儀助、異国の軍艦は来るかのう」

「どうじゃろう。わしにはようわからんが、戦になっては困るんじゃ。わしの恩人野中様とて商売が上がったりになるじゃろう。わしも戦で討ち死になんて御免じゃな」

「けんど、ここの台場は直正様がお手を尽くされただけあって見事なもんじゃ。異国船などは一発じゃ」

「それはどうかの。やってみなけりゃわからんが。それよりも、早う竈《かまど》に薪《まき》をくべえや。飯が遅いと、また大目玉を食うからの」

こんな毎日がいつまでも続いたら馬鹿になる……。そう思わないでもなかったが、慣れてしまえば、これほど楽な生活もない。

だが、この時はまだ知る由《よし》とてないのだが、遠く離れた江戸湾相模国《さがみのくに》浦賀では、上を下への大騒ぎとなっていた。世に言う黒船来航である。米国東インド艦隊司令官ペリー率いる四隻からなる艦隊が浦賀に入港したのは、嘉永六年六月三日（一八五三年七月八日）。幕府は退去を求めたが、ペリーはそれを拒絶した。さらに、幕府高官との面会まで要求し、場合によっては上陸も辞さぬと威嚇した。

また、もう一つの艦隊が、来航目前となっていた。ロシア、サンクト・ペテルブルグ西方のクロンシュタット軍港を出港し、アフリカ大陸最南端喜望峰を回って航海してきたロシアのフリゲート艦パルラダ号と、小笠原から合流したコルベット艦など三隻の、合わせて四隻からなる艦隊だった。

これを率いるのは旗艦パルラダ号に座乗する遣日全権使節プチャーチン。開国、通商、そして千島・樺太《からふと》の国境画定を求めるために、長崎を目指していたのであった。そして、長崎の南、野母崎沖に忽然とその姿を現したのは嘉永六年七月十七日（一八五三年八月二十一日）、黒船来航からわずか一月半後のことだった。

七月十七日と言えば盂蘭盆《うらぼん》が過ぎたばかりで、海面には精霊流しの精霊船が夥《おびただ》しい数漂っていた。それを掻き分けるようにして接近してくるロシアの軍艦の舷側からは黒光りする四アルシン（二・九メートル）砲が突き出していて、艦前方の帆柱に白い布がはためいている。布には何と日本語で「おろしゃ国の船」とあるではないか！

ロシア船来航の第一報が届くや否や、長崎奉行大沢豊後守秉哲《のりあき》は、長崎御番の当番年だった佐賀藩はじめ、筑前、大村、唐津、平戸、島原の各藩に非常警戒の下知を出す。また、各砲台に奉行属吏が急行し、臨戦態勢を整えさせた。

ただ、この日、ロシアの艦隊は、あえて入港しないで、港外の入江に碇《いかり》を下ろした。その間、日本側の役人がパルラダ号に小舟で漕ぎ寄せ、来航目的を質《ただ》したうえで、不承不承《ふしょうぶしょう》ではあったろうが、入港許可を出している。

長崎奉行から非常警戒の下知があった時、儀助は台場の真下の磯に下り、貝やら流れ着いた海草を拾い集めている最中だった。

すると、突然、誰かが大きな声で「戻ってこい！」と儀助を呼んだ。振り返ると、小四郎が手招きしながら叫んでいる。

「儀助！　大変じゃ。おろしゃの船じゃ。おろしゃが攻めてきた！」

儀助は耳を疑った。おろしゃだって？　なぜ、今頃おろしゃが長崎へ？

昔、ロシアの遣日使節レザノフがやはり長崎に来航し、交易を求めたことがある。この時、幕府はロシア皇帝の親書を受け取らず、交易の求めも拒絶した。そのため、レザノフは、部下に命じて、樺太、択捉《えとろふ》、利尻《りしり》・礼文《れぶん》の島々で日本人部落や日本船を襲撃させた。文化三年（一八〇六）、文化四年（一八〇七）の出来事なので、「文化の露寇」と呼ぶらしい。儀助も、この事件のことは知っていた。けれども、五十年も前の出来事だ！　よりによって、俺が長崎にいる時に、おろしゃがまたも来るなんて！

ぐずぐずしてはいられない。台場へ戻ると、皆が殺気立っている。足軽頭が、儀助ら若輩者も銃を携え、裏で控えていろと指図する。銃？　教わってはおるが、撃てるんか？　儀助には臆する気持ちがあった。だが、うっかり口にしようものなら鉄拳が飛んできそうな勢いだった。

佐賀藩兵はフェートン号事件の亡霊が今も脳裡に彷徨《さまよ》っていた。江戸の敵《かたき》を長崎で討つ。筋違いな感じもしなくはないが、英国のおかげで佐賀藩が受けた恥辱をばおろしゃでそそいでやるという、報復心もあったろう。

とはいえ、長崎奉行の命令は、あくまでも警備の徹底だった。また、いたずらに刺激しないようにとの配慮であろう。奉行属吏の指示どおり、石火矢や大筒を隠すため、前面に佐賀藩の家紋杏葉《ぎょうよう》の入った陣幕を張り、藩兵も陰に隠れて息をひそめた。

その日の晩、儀助らは一睡もしないで、松明《たいまつ》片手に台場の沖を見守った。明け方には飯を炊き、握り飯をふんだんに用意した。

その時だった。沖合からロシアの艦隊がゆっくりと蔭ノ尾島に近づいてきた。西洋の軍艦を見るのはこれがもちろん初めてで、先頭を進む旗艦パルラダ号を目にした儀助は、息を呑み言葉を失った。大きさは思ったほどではなかったが、頑丈そうな船体と大砲の多さが目を引いた。パルラダ号は三本マストの旧式船で、機関も備えていなかった。全長も五十二メートルそこそこだったが、砲五十二門を積んでいて、長途の回航にも耐えられる堅牢な造りを持っていた。艦隊は儀助らのすぐ目の前を西から東へ横切った。ロシア側の当時の記録にも、蔭ノ島（蔭ノ尾島）が見えたとあるから（ゴンチャローフ日本渡航記）、双方で見遣《みや》っていたことになる。

儀助は、元右衛門から佐賀で聞かされた話を思い出し、得心したような気分であった。元右衛門はこう言った。アヘン戦争についてであった。

「儀助も清国での戦は知っておろう。えげれすが清国に寄こした兵卒は、四千人から七千人ぐらいであったと聞いておる。たった四千か七千じゃ。それに敗れただけでなく、えげれす船の大筒にもまるで歯が立たなんだ。攘夷と言うが、己を知らぬ戯言《ざれごと》じゃ。お前は、それを知らねばならぬ」

儀助はようやく今になり、「その通りじゃ」と呟いた。

幕府との交渉は遅々として進まず、艦隊は長崎港内に三か月間留まった。港を囲む陸地には、夜ごと無数の松明が灯されて、艦隊の挙動を監視した。儀助も夜な夜な動員されて、いつ終わるとも知れない長い任務に疲労の色も濃くなった。

新橋町にいた元右衛門も、幾度となく高台で湾を眺めているのであった。周りにいる連中は物見遊山の気分であったが、儀助が蔭ノ尾島にいる。そう思うと、気が気ではない。

寛永六年八月十九日（一八五三年九月九日）、プチャーチンらの一行が長崎奉行との面談のため上陸するとの話があって、その日の夜には蔭ノ尾島にもその時の模様が伝わった。

大波止場に上陸した彼らは総勢約六十名で、軍楽隊を先頭に、儀仗《ぎじょう》兵、海軍士官、皇帝旗、そしてプチャーチン提督、幕僚、艦長、従卒の順序で行進し、立山にある奉行所の中に入っていった。

「俺も、この目で見てみたかった」

おろしゃの兵の華麗なる行進の様を伝え聞き、儀助は心ときめき、安心もした。

「なんだ……、どうってことはないのじゃないか。談判しに来ただけじゃろう」

だが、現実は、それほど甘くはなかったようだ。測量と護岸工事の調査のために、あるいは退屈しのぎを目的として、ロシアの士官と水兵がカッターで好きに港内を漕ぎ回るようになったのだ。番船が追いすがるが、帆走もできるカッターに速度ではまったくかなわない。

カッターは時折、蔭ノ尾島のほうにもやって来た。見張り役の足軽が「失せやがれ！」と怒鳴りつけ、石ころを投げるが届かない。水兵が笑ってからかうが、大筒をぶっ放すわけにもいかないし、歯ぎしりして見ているると、二艘目のカッターが近づいてきて、同じことを繰り返す。

さすがの儀助もかっとして、足元にあった薪を投げつけた。

フェートン号事件の頃であったなら、どうなっていたかわからない。だが、時代はすでに変わっていた。江戸湾にも黒船来航というさなかにあって、紛争は是が非でも避けなければならないし、プチャーチンもペリーが日本に向かっているのは本国で聞いて知っていた。日本の立場は弱かった。

三か月後、艦隊は、上海を目指して長崎港から出ていった。

ただし、交渉はほとんど進展してはいなかった。にもかかわらず、長崎をいったん退去して、上海へ向かったのには理由があった。

当時、欧州ではオスマン・トルコとロシアが開戦し（クリミア戦争）、ちょうどこの頃、ロシア黒海艦隊がシノペ湾の海戦でトルコ艦隊を打ち破り、戦局はロシアに傾いていた。だが、トルコを支援していた英仏の参戦が予想され（ロシアへの宣戦布告は一八五四年三月）、警戒したプチャーチンのロシア艦隊は欧州の動向を確認しようと上海へ一時退いた。

上海で数か月分の生鮮食糧を積み込んで、艦隊が長崎へ戻ってきたのは、嘉永六年十二月（一八五四年一月）。そして、幕府が遣わした筒井肥前守政憲、川路聖謨《としあきら》ら「魯西亜《ロシア》応接掛」との会談に臨《のぞ》むことになるのだが、またしてもここで事件が起こる。

会見当日、ロシア側使節の一行がボートで艦を離れるや、日本側の制止を振り切って、フレガット（フリゲート艦）から祝砲が四発放たれた。そして、他艦も後に続けと発砲し、砲声が港内に谺《こだま》した。祝砲は全部で十発だったが、これを耳にした佐賀藩兵と福岡藩兵がいきり立つ。乱暴狼藉《ろうぜき》にも程がある。発砲は日本国の国禁だ。フェートン号ですら港内で発砲しなかった。事を荒立ててはならないと押し殺してきた感情が、砲声を聞き一気に火を噴いた。

伝令が駆け足で、あるいは小舟を走らせて、点々と散らばる番所、台場に、

「皆の者、焼き討ちじゃ！　おろしゃの船を焼き払え。目に物見せてくれようぞ！」

と触れ回る。

蔭ノ尾島の台場でも、怒号が飛び交う中、石火矢役や大筒役が発砲の準備を整える。儀助ら足軽数十名は、小舟で押し出すことと相成《あいな》った。

「無茶な……」

儀助の顔から血の気が引いた。

それは長崎奉行とて同じであった。「鍋島、黒田両家の藩兵、押し出す気配」と伝わるや、彼らを押し止めなければと、慌てて配下の役人どもを遣わした。それが間一髪で間に合ったため大事には至らずに終わったが、長崎奉行も幕府全権も生きた心地はしなかった。

そのうえ、翌日も波乱含みであった。日本側全権団がパルラダ号を訪問することになったのだ。ロシア側は、甲板や艦上の銅の金具を磨き上げ、正餐を準備し、歓迎に努めているのだが、

日本側は猜疑《さいぎ》心を拭えなかった。船に乗り込んだ全権員の一行がそのまま拉致されたりはしないのか。船上で不測の事態は起きないか。正午を過ぎた頃、ようやく舟で漕ぎ寄せてきた全権団が六十人もの護衛を連れていたのは警戒心の表れだった。

また、もし何かあった場合には、砲撃を加える手筈《てはず》であった。日本側全権団が艦上にあってもかまわない。遠慮会釈なく砲撃し、何もかも海へ沈めよとの指示である。

蔭ノ尾島の台場でも、この命令に従って、いつでも砲撃できるよう準備万端整った。儀助には昨日同様、小舟で押し出す役目が命じられた。

「もう、うんざりじゃ」

逃げ出したい気分であったが、ここに留まるしか術がない。

だが、ここ数か月の経験は奇貨とすべきものだった。何よりもまず、自分自身が井の中の蛙《かわず》であることを、身を以て知ることになったから……。ロシア側の大将は、さんくとぺてるぶるぐのくろんしたっとを船出して、はるばる長崎へ来たという。だが、さんくとぺてるぶるぐとはどこだろう？　くろんしたっととは何なのだ？

儀助には想像もつかない話であった。おろしゃとという国との戦というのも想像を絶する出来事だ。世界はまったく未知だった。だからこそ、世界を股にかけてみようじゃないか！　儀助はこの時、長崎で、初めてそう思うようになったのだ。

貿易といっても、元右衛門の場合は国内にいて、日本を訪れてくる外国人と商うつもりであったろう。一方、儀助は、海外への飛翔を考えた。後年、海外への事業展開で、蛮勇と呼ぶのが相応しい行動力を発揮するのは、この頃の思いがきっとどこかに残っていたからにちがいない。

第三章　命の恩人

安政元年（一八五四）、台場近くの砂浜で

長崎に来航したプチャーチンは、平和的手段で交渉するよう本国で訓示を受けていた。したがって、日本側の危惧や懸念は取り越し苦労でしかなかったわけだ。米国のペリー提督は武力で脅しをかける「砲艦外交」を繰り広げたが、ロシアはあくまで対話重視の姿勢であった。だが、両国間の折衝は不調のまま推移する。ただし、決裂したわけでもなくて、ロシア側は最恵国待遇を与えられ、日本が将来、第三国と通商条約を締結したら、ロシアとも同じ条件で条約を締結するとの約束を取りつけられたのは前進だった。

嘉永七年(一八五四)一月八日、プチャーチンは長崎を後にした。そして、太平洋を南下して、琉球諸島に立ち寄った後、フィリピンのマニラで艦船の修理などを行った。

ロシアとトルコの戦争は、ロシアの勝利が続いていたが、オスマン・トルコの屈服を望んでいない英仏は、黒海への艦隊派遣に踏み切った。英仏参戦間近との情報を、プチャーチンはマニラにいた時、受け取っていたにちがいない。

同年三月二十三日、プチャーチンの艦隊はまたも長崎に姿を現した。実にこれで三度目となる来航であり、儀助にとっては一生の不覚とも言える出来事を引き起こすことになるのであった。「松尾儀助君伝」は、儀助を襲った災難を次のように今に伝えている。

安政元年、露米両国の使節入港す。時に君亦《また》隊中に在《あ》り、一《ひとり》の外国兵来て君の日本刀を請《こ》ふて之《これ》を抜き、自ら携《たずさ》ふ所の洋剣と切り合せしに、洋剣半《なか》ば切れて日本刀ハ依然として損せさりしを以《もっ》て外兵ハ之を交換せんことを請ひ、又君の陣笠を見て彼の帽子と交易せんことを請ふて已《や》まず。君ハ事の意外に出るを以て一時答ふる所を知らす、其《その》携ふ所の銃を地に抛《なげう》ち身を以て逃れ去れり事、幕吏の聞く所となり、一時罪せられんとす。但《ただ》、佐賀藩の庇護を得て僅《わずか》に免《まぬ》がるゝことを得たり……

「安政元年、露米両国の使節入港」とあるのだが、露国はともかく、米国使節とは何だろう。安政元年（嘉永七）は、ペリーが七隻の軍艦を率いて江戸湾にまたも来航し、威嚇に屈した幕府との間で日米和親条約（神奈川条約）を締結した年である。それにより日本は開国へと一挙に動き出すことになるのだが、条約では、条約調印と同時に下田を開港、一年後には箱館（函館）も開港するとなっており、長崎はそこには入っていない。したがって、米国使節入港とあるのは間違いで、英国東インド艦隊司令長官スターリングの長崎来航と混同しているのだろうか。

さて、プチャーチン三度目の来航時、儀助はやはり蔭ノ尾島の台場に張りつき、警固の任についていた。

ただ、この前と違っていたのは、日米和親条約が締結されたとの一報が、長崎にもすでに来ていたことだ。プチャーチン再々来航のわずか二十日ほど前の出来事だったが、レザノフが長崎へ来た時も、ロシア皇帝の親書を早飛脚がわずか九日間で江戸まで運んだそうだから、情報伝達は早かった。

長年の鎖国に終止符を打ち、開国へとうとう一歩を踏み出した。夷敵《いてき》に対する敵愾《てきがい》心や警戒心が薄れたわけではなかったろうが、早くも気分は異なっていた。特に、軍事的脅威を目の当たりにしてきた儀助らは、攘夷を言うより開国やむなし（開国歓迎）との気持ちのほうが遥かに勝っていただろう。

この日も、儀助は、小四郎と二人で磯辺に下りて、日向《ひなた》ぼっこを決め込んだ。ロシア艦隊来航の報が伝わるや、長崎には緊張が走ったが、それと同時に弛緩《しかん》した空気も漂った。どうせ何も起こるまい……。長崎御番の藩兵とて例外ではなく、殺気もいくらか薄らいだ。

ところが……。未《ひつじ》の刻（午後二時頃）を少し回った頃だった。ぼんやりと海のほうを見やっていると、突然、磯の岩場の向こうからロシアのカッターが現れた。一艘だったが、ロシアの兵が十人以上は乗っている。三度目の来航だったから、勝手知ったる他人の家であったろう。

岩と岩との隙間にあったわずかばかりの砂浜に素早く艇を漕ぎ着けて、陸戦隊の兵士七〜八人が艇から陸へ跳び移る。艇の上では数人の兵士がこちらに銃口を向けており、彼我の間は二十メートルほどしか離れていない。

呆然と見守る儀助と小四郎。小四郎は儀助より先に我に返ると、「うひゃあ」と一言奇声を発し、磯づたいに逃げ出した。だが、足がもつれて、這《ほ》う這《ほ》うの体とはこのことだった。台場は、岬のように突き出た大きな岩の五町ばかり（五百〜六百メートル）向こうにあった。

儀助も少し後れて逃げ出すが、頭の中は真っ白だった。何も考えず、考えられず、小四郎の背中をひたすら追っていくだけだった。と、その時、右足が流木につまずいた。体がどうっと前に投げ出され、「あっ」と思った次の瞬間、地面の石で顔面を嫌と言うほど打っていた。だが、不思議と痛みは感じなかった。それどころではない。とにもかくにも、台場へ辿り着かなければ命がないのだ！

だが、遅かった。顔を上げると、追ってきたロシアの兵が儀助の回りをぐるりと囲み、呵々《かか》大笑するではないか。そして、一人の兵士が歩み出て、儀助の襟首を鷲摑《わしづか》みにするや持ち上げた。儀助の身の丈はこの時すでに五尺半（約百六十五センチ）を優に超えていた。ところが、回りを見渡すと、ロシアの兵は見上げんばかりの背丈があった。「南無三……」と呟き、覚悟を決めた。

しかし、どうもおかしい。彼らは、殺気立つどころか、にやにや笑って儀助に何かを言っている。と思う間もなく、儀助の腰から日本刀を鞘《さや》ごと抜き取った……。

二度目に来航した折に、日本側から贈られた「使節贈り物」の中に太刀（日本刀）があり、プチャーチンの秘書官ゴンチャローフは日本の太刀を絶賛し、次のように書いている（『ゴンチャローフ日本渡航記』二九九頁）。

品位の点でも、また価値からいっても、もっともすばらしい貴重な贈物は太刀であった。刀剣の贈与は、日本人にとって疑うべからざる友情の表現である。日本刀の刀身は議論の余地なく世界最高のものである。

日本刀は一兵卒にも垂涎《すいぜん》の的《まと》であったのだ。だからこそ、ロシアの兵はこれ幸いと儀助の日本刀を奪い取り、柄《つか》に手をかけ刀を抜いた。次いで、身に帯びていたサーベルも鞘《さや》から抜いて、ほかの兵士に手渡した。何をするのかと固唾《かたず》を呑んで見守る儀助。兵士は、柄を両手で握りしめ、刀身を頭上高く持ち上げて、刃先が真上を向くよう真横に構えた。そして、もう一人の兵士に何か言いつつ、しきりに手招きしはじめた。

「そうか！　太刀と洋剣の力比べじゃ。打ち合わせてみようというんじゃな」

合点がいった次の瞬間、ヒュンという鋭い音を立て、サーベルが振り下ろされた。甲高い金属音と同時に火花が散って、サーベルの折れた刀身が儀助のほうへ飛んできた。頬をかする鋭い刃先。腰を抜かしたのはしかたがないが、危うく小便まで洩らすところであった。

それを見て、ロシアの兵は笑いが止まらぬ様子であった。そして、磯にへたり込んだ儀助から、今度は陣笠まで奪っていくではないか。

「畜生め！　こいつら盗人か」

だが、そうではなかった。別の兵士の無傷のサーベル一鞘と自らの軍帽を儀助の前に並べて置いて、手にした日本刀と陣笠を俺に寄こせと仕草で示す。物々交換の意味である。

儀助にしてみれば、冗談ではない。陣笠はともかく、刀はまずい。太刀の輸出は国禁だった。それをおめおめと持っていかれては、お咎めどころの話ではない。首がいくつあっても足りぬじゃないか！

必死に、身振り手振りで拒否する儀助。だが、引き下がるつもりはないらしい。相手も身振り手振りで食い下がる。

と、遥か彼方でにわかに怒声が響き渡った。急を聞きつけ駆けつけてきた佐賀藩兵の一団だった。その時、儀助の脳裡で何かが弾けた。そして、刀のことも忘れてしまい、「わっ！」と声を上げるや、声のする方角目指して四つん這《ば》いで逃げていったのだ。悪いことに、刀どころか、小銃まで地面の上に放り出し……。

事の顛末が伝わると、長崎番所の佐賀藩士らは頭を抱えるだけだった。番頭《ばんがしら》も、フェートン号事件以来の不始末と赤くなったり青くなったり。幸い、藩兵が現場に急行すると、ロシア側は瞬《また》く間に沖へ漕ぎ出ていって、大事に至ることなく済んでいる。儀助の刀と陣笠、銃もそのまま打ち捨てられていて無事だった。

だが、問題の所在は別だった。足軽がロシアの兵と接触し、しかも、いいように弄《もてあそ》ばれて逃げ出した。長崎奉行大沢豊後守が黙って見逃すはずもなかったし、どこまで咎が及ぶのか、計り知れないことでもあった。

そのため、揉《も》み消したいのはやまやまながら、奉行配下の番舟がカッターの後を追っていた。速度で劣る番舟は、ロシア兵の上陸を阻《はば》めなかったが、浜での出来事は何もかも目撃したにちがいない。そのことを奉行が知るのは時間の問題だったのだ。

案の定、一時《いっとき》（二時間）も経たないうちに奉行所から沙汰があり、不届き者を押し込めたうえ、事の仔細を包み隠さず申し述べよとのことだった。儀助にとってみるならば、降って湧いたような災難だった。ロシアの兵の戯《ざ》れ事につき合わされたうえ、罪人扱いされそうだった。いや、すでに罪人扱いされていて、小四郎ともども後ろ手に縄でくくられて、物置小屋の片隅に転がされているのであった。

「死罪」という言葉が頭に浮かぶ。足軽は武士ではないから、切腹はもとよりあり得ない。死罪と言えば斬首であった。それを思うと、体の震えが止まらなかった。恐怖に耐えかねた小四郎が肩を震わせてしゃくり上げる。

「小四郎、おまえはきっと大丈夫。お叱りはあろうが、お咎めまではないじゃろう。だが、わしはだめじゃろう。おろしゃのやつらに刀や笠や鉄砲まで取られてしもうた。嫌じゃのう。やっぱり首を斬られるんか。まだ死にとうないんじゃ。死ぬのは嫌じゃ」

小四郎は依然泣きやまない。もうすぐ桜が咲き乱れる季節であったが、夜ともなれば冬のような寒さであった。暗闇の中、物置小屋の板壁の隙間の向こうから容赦なく寒気が吹き込んでくる。「まるで、赤穂浪士の吉良上野介《きらこうずけのすけ》みたいじゃ」と思ったが、上野介の末路を思い出し、背筋がいっそう寒くなる。腹が減ったし、喉も渇いた。こんな心細い思いというのは、思い返してみるならば、七歳の時、母と離別して以来であった。

だが、儀助には知る由《よし》とてなかったが、ちょうどその頃、元右衛門が仕立てた早馬が長崎街道を駆けていた。目指す佐賀までは三十里（約百二十キロ）。夜を徹しての早駆けだった。

一方、佐賀藩から事の次第が伝わると、長崎奉行大沢豊後守は、苦虫を嚙みつぶしたかのような表情で「たわけ者が……」と呟いた。

彼の脳裡にあったのは、フェートン号事件の経緯であった。責を負い、切腹した当時の長崎奉行は佐賀藩に殺されたようなものだった。それから四十数年の時が過ぎたが、今また佐賀の足軽どもが前代未聞の不祥事を引き起こしてくれたのだ。小事とはいえ、長崎を預かる奉行としては、きつく咎める責がある。

とはいえ、大沢豊後守には迷いもあった。フェートン号事件の頃の佐賀藩は、弱体化した外様大名でしかなかったが、今は違う。佐賀藩は鉄製大砲を鋳造していて、ペリーの黒船来航に驚愕し、江戸湾の防備態勢強化に迫られた幕府が何よりも先に必要としたのは、佐賀藩のつくった大砲だった。また、ペリーの開国要求を扱いかねて、幕府老中阿部正弘が諸大名や幕臣に意見を求めた際に、佐賀藩主鍋島直正は強硬に攘夷を唱え、異彩を放つとともに発言力も増していた。

そもそも、長崎の海の守りがこれほど強固になったのも、佐賀藩の手柄と言っていい。その経済力と武力、政治力には決して侮《あなど》れぬものがあり、長崎奉行といえども臆する気持ちがあったのだ。

「待つか……。佐賀から何を言うてくるのか、しばし待つことにいたそうぞ」

大沢豊後守は、様子見を決め込むことにした。

事件から五日目だった。儀助らの体力、気力の限界がすぐそこにまで迫ってきていた。大小便は垂れ流し。食い物は、日に一度、朝か昼頃、薄い重湯のような粥《かゆ》を椀に一杯、縛られたままの状態で口に流し込まれるだけだった。

縛られた腕の痛みは痺《しび》れに変わり、今となっては痺れすら感じられなくなっていた。目もかすむ。朦朧《もうろう》として言葉も出ない。小四郎の涙も涸《か》れ果てた。

そんな時、物置小屋の粗末な引き戸が突然開けられ、明るい日の光が射し込んだ。

「儀助！」

聞き覚えのある声だった。「誰だったろう？」と儀助はぼんやり考えた。次の瞬間、「あっ！」と叫んだ。「元右衛門様だ！　元右衛門様がおいで下さった!!」

かすむ目で懸命に声のするほうを見てみると、逆光のため輪郭しかわからないが、声の主は元右衛門に違いなかった。そのかたわらには、しかめっ面をした侍が一人、二人、三人ばかり……。

「儀助、口を開くな。黙っておれよ」

そう言うと、元右衛門は人足風の男達を数人呼び寄せた。そして、年配の一人に向かって「手筈《てはず》どおりに」と小さく囁《ささや》いた。男は「へい」とだけ短く答え、ほかの者に手で合図する。

儀助と小四郎は一人ずつ戸板に載せられ、物置小屋から運び出された。そして、大八車に横たえられて、人目につかぬようにとの配慮であろうが、体には幾枚もの筵《むしろ》がかけられた。

　そうやって運ばれていったのは、新橋町の元右衛門の別宅だった。着くと、すでに着替えと湯とが用意され、体を清めると、粥とソップ（スープ）が運ばれてきて、それを平らげ、ようやく生気が甦る。

「元右衛門様……」

　儀助は、そばで見守る元右衛門に聞きたいことが山ほどあった。なぜお許しが出たのだろうか？　なぜ首を斬られずに済んだのか？　なぜ元右衛門様が自ら番屋まで？　なぜ番屋から元右衛門様のお屋敷へ？

　元右衛門はほっとしたような表情で、一言だけこう言った。

「委細は明日じゃ。今日は床へつくがいい」

　次の日、元右衛門が儀助と小四郎に話し聞かせた、ここ数日来のいきさつは、意外というか、想像を絶するものだった。

　整理すると、こうである。

　まず、元右衛門に儀助危うしと注進したのは、商いを通して日頃から昵懇《じっこん》だった佐賀藩士の一人であった。彼の話によるならば、佐賀の足軽がおろしゃの兵のなぶりものにされたうえ、武器を放って逃げるという無様な仕儀に立ち至り、騒ぎになっているという。その足軽というのが何と儀助で、藩の面目が立たないし、長崎奉行も黙っていまい。怒り心頭に発した藩士らが、二人とも浜へ引き出して斬首すべしといきり立ってもいるという。

元右衛門は、取り乱すでもなく、やおら文机《ふづくえ》を引き寄せて、筆を取ると書状をしたためた。「恐乍《おそれながら》……」で始まる書状の相手は藩主鍋島直正だった。何をどう書いたのか、文面こそ儀助らには明かさなかったが、助命に関わる内容なのは教えられなくてもすぐわかる。元右衛門は、急遽仕立てた早馬で、書状を佐賀の城下へ送らせた。

「それからのことはわしも存ぜぬ。ただのう、直正様のお目に触れたのは確かであろう。ゆえに、お前らは今も生きておる」

そして、昨日、元右衛門へ番屋からの呼び出しがあり、出向いていくと、儀助および小四郎の二人を放免し、元右衛門へ引き渡す。また、おろしゃとの件も含めて、此度《こたび》のことは断じて口外してはならないと言い含められたそうである。

唖然《あぜん》とした表情で元右衛門を見つめる儀助と小四郎。そもそも、一介の商人から藩主様に書状だなんて、どう考えても訳がわからぬ……。察したのか、元右衛門が言葉を継いだ。

「お前らにはまだわかるまい。だがの、これだけは肝に銘じておくのじゃな。世の中は今移ろうておる。昔は『葉隠』にもあるように、商人ふぜいがと蔑《さげす》まれもしたのじゃが、今では少々違うてきておる。見てみい。ここ長崎の伊王島では、おらんだから購《あがの》うた大モルチール（臼砲）

が海を睨んでおるじゃろう。蔭ノ尾島の石火矢は直正様が鋳させたものじゃ。大モルチールを購うのに何がいる？　反射炉を築いて、鉄を溶かして、石火矢を鋳るのに何がいる？　金じゃ。金がなければ何にもできん」

その通りだと、二人は頷いた。元右衛門は続ける。

「直正様が、藩に御国産方を開いて陶磁器やら木蠟やらの物産で一儲けしようとされておるのも、金が入り用だからじゃろ？　今じゃ、お侍様までが商いじゃ。商人じゃからと恥じ入らんでもいいご時世なんじゃ。商いは、わしら商人のほうが先達じゃ。直正様も、わしらに目をかけて下さっておる。それに、お前ら、なぜ放免されたかわからんじゃろうが、至極簡単なことなんじゃ。誰も、事が起きるのを望んでおらん。何もないのが一番なのじゃ。御奉行の大沢豊後守様、直正様とて同じこと。幸い、お前らの仕儀は奉行所の木っ端役人しか見ておらん。きゃつらが口をつぐめば済むことじゃ。御奉行様も、ほっとしておられることじゃろう。丸く収めるとはこのことじゃ」

元右衛門は明言しないが、どうやら商いを通じて藩主とも気脈を通じているらしい。書状の文面はわからぬが、なかったことにし丸く収める方向へ誘導したにちがいない。

元右衛門の裏の顔を垣間見たかのようであり、儀助はぶるっと身震いをした。直正は、後に英国公使パークスが「大の陰謀家だという評判」があると記しているが、儀助などには計り知れない世界があった。「元右衛門様はいつの間に……、ものすごいお方だったんじゃ……」

元右衛門がやおら立ち上がり、もういいだろうという顔でこう言った。

「二人とも、明日からわしの下で商いじゃ。あんなことがあったんじゃ。佐賀の御城下へは戻らぬほうがいいじゃろう。蒸し返されたら面倒じゃ。小四郎、おまえの父母にはわしが文《ふみ》を書き、知らせよう。たぶん、異存はあるまいて。それと、二人ともわかっておろうが、此度のことは口外無用。誰にも言うてはなるまいぞ！」

それだけ言い置き、元右衛門は姿を消した。残された儀助と小四郎は、ただただ顔を見合わせるだけだった。


儀助に災難をもたらしたプチャーチンのその後であるが、長崎を出港した彼の艦隊は、ロシア領沿海州インペラトール湾に引き揚げた。ここでプチャーチンは、前年に完成したばかりの新鋭戦艦ディアナ号に移乗した。そして、箱館、大坂を経て、嘉永七年十月十四日（一八五四年十二月三日）、豆州《ずしゅう》下田へ至るのである。

英仏がロシアに宣戦布告し、カムチャツカ半島でも英仏連合艦隊が攻勢をかける中での来航だった。そして、今回もプチャーチンは武力による威圧は行わず、交渉に徹する姿勢をとった。

相手は、日本側全権筒井肥前守政憲、川路聖謨の二人であった。

ところが、安政元年（一八五四）十一月四日、安政東海地震が発生し、房総から土佐に至る沿岸地帯に大津波が押し寄せた。特に下田の被害が甚大で、八百四十戸が流失全壊、三十戸が半壊し、無事だったのはわずかに四戸を数えるのみだった。港内にいたディアナ号も大破して、のちに沈没したのであった。

地震と津波による中断はあったものの、交渉はその後も続けられ、安政元年（一八五五）十二月二十一日、日露和親条約（安政条約）が締結されて、両国の国交が開かれた。帰国後、プチャーチンは伯爵に叙せられ、文部大臣にも任命された。

嘉永七年中に、日米和親条約、日英和親条約が締結されており、日露和親条約はそれに続くものだった。そして、安政二年（一八五六）には、日蘭和親条約も締結される。

もっとも、この段階では、日本も開国はしたものの、各国との外交関係があるだけで、自由な通商貿易は認められていなかった。

それが実現し、開国が完成するのは安政五年（一八五八）のことである。この年、幕府は、日米修好通商条約を手始めに、蘭、露、英、仏の四か国とも修好通商条約を調印し（安政五か国条約）、世界に向かって真の意味で開かれた。寛永十八年（一六四一）、長崎出島へのオランダ人強制移住で確立した鎖国体制も、二百余年の時を経て、ようやく撤回されたのだ。

これまで異国との商いは、特権的商人か密貿易者の独壇場であったのが、今や門戸は開放された。商人が海外へ雄飛する時代の到来が目の前に迫っていたのであった。

開国に伴い、長崎も大きな変貌を遂げつつあった。

安政二年（一八五五）にはオランダ商館の置かれた出島の門が開かれて、以後、オランダ人は自由に市中を散策できた。また、翌年の出島開放令で、出島乙名《おとな》ら日本側の役人が一人残らず退去して、出入りがまったく自由になった。

海軍伝習所の開設も安政二年のことだった。

オランダは、黒船来航に肝を潰した幕府に対して海軍創設を提案し、乗組員の育成および技術供与に協力の用意があると申し出た。それを受けて幕府は、艦船二隻の購入と、長崎への海軍伝習所開設、オランダ海軍からの教官招聘を決定し、安政二年、ペルス・ライケン大尉らオランダ海軍軍人がヘデー号とスンビン号で長崎へ来航したのであった。なお、スンビン号はオランダ国王から将軍家定に寄贈され、観光丸と名を改めて、練習艦として使われた。

佐賀藩主鍋島直正は、伝習が始まる前にスンビン号へ乗り込んで、艦内をつぶさに視察した。そして、洋式軍艦をいたく気に入った直正は、幕府の允可《いんか》を得てオランダにコルベット艦一隻を発注し（後の電流丸）、佐賀の藩士を伝習に参加させている。その中の一人が、佐野常民であった。

常民は、藩校弘道館を出た後に、蘭医緒方洪庵が開いた適塾（大坂）や、伊東玄朴の象先堂（江戸）で蘭学を学んだ。そして、嘉永六年、佐賀へ帰ると、藩の精煉方頭人となり、蒸気機関や金属、薬品等々の研究に従事した。常民は帰藩に際して、「からくり儀右衛門」の名で知られる田中久重らを佐賀へ呼び寄せている。久重らも精煉方に仕官して、安政二年には蒸気船と蒸気車の精巧な模型をつくり上げ、実際に動かしてみせている。日本で初となる快挙であった。

佐野常民は、元右衛門とも懇意であった。彼が精煉方などで必要とした西洋の種々の文物を、どこかで手に入れ、供給したのは元右衛門だったにちがいない。その元右衛門の下にいたのが儀助であって、そのことが縁となり、儀助は佐野常民と運命の糸で結ばれていく。それについては後でじっくり述べていく。

ちなみに、海軍伝習所の生徒の中には、下級幕臣勝麟太郎（海舟）の姿もあった。明治元年（一八六八）、江戸城無血開城の立役者となる人物だ。箱館（函館）五稜郭《ごりょうかく》の戦い（明治二年＝一八六九）で知られる榎本武揚も生徒であった。

また、安政四年（一八五七）、ライケン大尉らの後任としてカッテンダイケらが来日したが、彼がこの時長崎へ回航してきた軍艦が、幕府が発注していた咸臨丸（原名ヤパン号）で、万延元年（一八六〇）、勝海舟が艦長となり、遣米使節団に随行し太平洋を横断することになる。

長崎だけに限ってみてもこのように、時代は大きく動き出していたのであった。

第四章　野中元右衛門の薫陶

安政年間、大坂市中

安政元年（一八五四）、佐賀藩は「代品方《かわりしなかた》」を設置する。

佐賀藩は、嘉永二年（一八四九）に「御国産方」を設けて殖産興業に努めてきたが、新たに置かれた代品方は、

蒸気船購入の代価に当てる品物として国産品（陶磁器・白蠟《ろう》・石炭・小麦など）を扱った。安政三年には国産方が廃止され、この代品方で国産興隆がはかられ、野中元右衛門をはじめ特権的用達商人が活躍したらしい。陶磁器と白蠟は専売制により藩が長崎会所へ直納して取引し、石炭は安政二年採炭高において、高島・香焼島から約千六百六万斤、山代・北方・多久地方で二百三十万斤、木炭三十万斤を産し、高島・香焼島産の分はオランダと取引したという。（『佐賀県史　中巻』。傍点・引用者）

佐賀藩は、オランダや英国から「電流丸」「甲子丸」など幾隻もの軍艦（蒸気船）を購入し、海軍力増強を図っていた。代品方の役割は、その費用を賄うことであり、職責の重さがよくわ

かる。

だが、明治に入って「士族（武士）の商法」という言葉も生まれたように、藩士だけでは商いなどは覚束《おぼつか》なかったにちがいない。そこで、用達商人の出番であった。元右衛門がいつの頃から代品方に食い込んだのかはわからない。しかし、「当時、商人の先駆となりて代品方に活動したるは、用達商野中元右衛門をその巨擘《きょはく》とす」と言われるように（鍋島直正公伝）、代品方の中枢を担った人物だった。

ちなみに、「特権的用達商人」とは、今日の言葉だと「政商」である。その「巨擘」（巨頭）であったというのであるから、儀助の「ものすごいお方だったんじゃ」という呟きは正鵠《せいこく》を射ていたことになる。

事実、「野中古水伝」は、元右衛門の「指導者」として古川彦兵衛の名前を挙げている。彦兵衛についての確かな記録はないのだが、「卓越せる才智と、縦横無尽の策略を以《もっ》て、長崎港外において、蘭商と密貿易を行つてゐたゝめ、多くの人は、彼を敬遠してゐた」とあるように、謎の多い人物だった。『大隈侯八十五年史』も彦兵衛に関して次のように書いている。

君（大隈重信。引用者注）は佐賀の密貿易者古川彦兵衛と知り合ひ、度々その家へ出入《でいり》した。密貿易は国禁とするところであるが、薩摩、肥前のやうに異船に接する機会の多いところでは自然に行はれた。密貿易は多く鰹《カツオ》船に乗つて遠く沖合へ出で、唐船と物品を交換する例になつてゐた。その貨物は此方《こちら》からは小判、先方からは麝香《じゃこう》、規那《キナ》、セメン、大黄、朝鮮人参などを供給した。かうした密貿易船をバハンと云つた。バハンとは八幡の支那音で、昔倭寇《わこう》が載つた貿易船の舷頭《げんとう》に八幡大菩薩の旗を押立て、遠洋航海をした船に名付けたことに始まる。君はバハンについて話した序《ついで》に「薩摩にも肥前にも、この国禁を犯して巨利を占めたものがをつた。佐賀にはこの外《ほか》に其人がまだ幾らもあつたか知らぬが、わが輩の知つたのでは、古川彦兵衛などがそれだ」と云つた。

「規那」とは樹種を指し、樹皮からはマラリアの特効薬キニーネが抽出される。「セメン」とはセメン・シナ、シナヨモギのことだろう。その蕾《つぼみ》には回虫駆除薬サントニンが含まれている。

それにしても、彦兵衛が商いの師だとするならば、元右衛門は何とも怪しげで危ない世界に足を突っ込んでいたことになる。『鍋島直正公伝』によるならば、安政の頃、元右衛門は薩摩の池田武助という一人の男を庇護《ひご》したことがあるという。武助も「薩摩のパパン組」（バハン）の一人であって、

其業《そのなりわい》は肥薩の海を回航して貨物を買収し、そを大阪に輸して販売するにあり、すなわ

ち所謂系図買《いわゆるけいずがい》の類なり。従来長崎の密売買は五島沖にて行はれたりといはれ而《しこう》して其重なる物品は小量にして高価なる人参、麝香、大黄等の薬種なりしが彼等は是《これ》を大阪の道修《どしょう》町《まち》に輸して盛《さかん》に商売したり。

「系図買」とは「窩主買い《けいずがい》」とも言い、要するに故買（盗品の売買）のことである。また、道修町は薬種の集散地として有名で、長崎から輸入された唐薬種も、道修町薬種中買仲間が独占的に買い付けて、全国に流通させていた。彦兵衛にせよ武助にせよ、薬種を扱う烏犀圓本舗の商いの中で知己を得たということなのか。あるいは、長崎へ居を移した後に出会ったか。

思えば、儀助も大変な人物（佐賀商界の大立て者とも言っていい）に見込まれた。儀助と小四郎は、この元右衛門の下で実業界へ分け入ることになったわけだが、つい昨日までは足軽だった二人には、経験もなく、右も左もわからない。しかも、未《いま》だ若輩者だったから、闇の世界とは無縁であった。

それでも、儀助は、元右衛門から長崎で数々の教訓を得たのであって、そのことが明治になって開花する。儀助は何を学んだか。要するに、右の物を左に動かすことだけが商いだと思ったら大間違いで、必要とあらば物づくりにも首を突っ込むし、扱う品の出来具合、質にも腐心する。それも商人の大事な務めだと言うのであった。

元右衛門は、物をただ右から左へ流通させて巨利を得ていた商人ではない。『鍋島正直公伝』も、次のように書いている。

　有田の陶磁は泉山《いずみやま》の白泥《はくでい》に薩摩の柞灰《いすばい》を和して熔化す。柞灰は柞樹《さくじゅ》の皮を焼いたるものにて灰の良否は磁質の美悪に関する甚《はなは》だ大なり。而《しこう》して日向《ひゅうが》の深山に産するは灰質最良にして其価《そのあたい》も亦貴《またたか》し。薩摩の産は甚だ劣る。又佐嘉《賀》領は山浅くして薪炭《しんたん》に乏し。よりて天草より之《これ》を輸入して補給したれど、そは炭質脆悪なり。よりて野中は薩人と交はりて意思を疏暢《そちょう》し、薩摩柞灰の悪質なるより日向よりは良灰を、薩摩よりは堅炭《かたずみ》を各輸入し以て佐嘉の米と陶器とを輸出して双方の利益を通じたりしかば、薩人との交際はために益々深きを致《いた》せり。

日向国《ひゅうがのくに》は現在の宮崎県と鹿児島県の一部であって、薩摩国《さつまのくに》は鹿児島県西部に当たる。佐賀有田焼の磁質をよくするために、元右衛門は「薩人」とも交わって、日向の良灰、薩摩の堅炭を有田に持ち込んだ。

だが、若く、外連味《けれんみ》が先に立つ儀助には、なぜそこまでするのか不思議であった。手間暇、元手を省いて手っ取り早く金儲けのできるやり方がいくらでもあるのにと思ったわけだ。

そこで、ある時、儀助は本音を言ってみた。

「元右衛門様。陶商の中には、他領の焼き物を買い入れて有田焼と混ぜ合わせ、長崎表で売りさばく者がおりましょう。さらなる知恵者《ちえしゃ》は、三川内《みかわち》から仕入れた茶碗なんぞに有田で赤絵付けを施させ、有田焼と称して異国へ出しております。柞灰や堅炭なんぞで頭を悩ますは遠回り。ほかの商人を見習われ、早道を行くのが良策と……」

元右衛門ほどの人物に、「見習え」とは何たる言い草か。儀助自身も言ってすぐ、しまったと後悔したものだった。なお、三川内焼は九州平戸藩の特産品で、秀吉による朝鮮出兵（文禄・慶長の役）があった折、松浦氏が朝鮮人陶工を平戸へ連れ帰り、始まったものとされている。

儀助は雷の落ちるのを覚悟した。ところが、元右衛門はかすかに苦笑いしただけで、次のように諭《さと》すのだった。

「儀助、誤るでない。まあ、銭が回らねば商いはたちまち滞《とどこお》る。それに、代品方という役回りもあるから、わしとて時として儲けに走り、お前の話の陶商のごとき商いもする。じゃが、儀助、考えてもみい。焼き物にせよ日本の国だけにあるものか？　日本の国の有田焼だけじゃと思うのか？　焼き物は欧州にも唐《から》にもあろう。日本の国とて有田だけではあるまいが。瀬戸もあれば、九谷、美濃もあるじゃろう。

ではな、どうやって競い、打ち負かし、有田焼が生き残る？　目先の儲けを追うでない。長い目で見ていくことじゃ。これからはわしらの商いも異国が相手じゃ。それゆえ、競う相手も多くなる。だがの、売り捌《さば》くだけなら並の商人。物を言うのは、かの陶商のごとき下手な小細工ではなかろうと、わしは常から思うとる。

信を得るのじゃ。商う品へ己が魂をこめるのじゃ。それでこそ長く商え、銭も来る。日本の国や佐賀の誉《ほま》れも高まろう」

正論を前に、ぐうの音《ね》もでない。儀助は後年、まさにこの言葉どおりに振る舞うのだが、元右衛門の薫陶《くんとう》の賜《たまもの》だった。

だが、長崎時代の若き儀助は、まだまだ未熟であったから、身に染みて理解できていたかは疑わしい。実際、目先の利益に振り回されて、失態を演じることも多かった。

例えば、ある時は薬種を仕入れてくるために、大坂は道修町へと出向いていった。大坂と言うと、長崎からいかにも遠そうだ。だが、この頃には全国的な海運網が完成していて、瀬戸内を行き来する船に便乗すれば、思いのほか近かった。

さて、仕入れ代金三百両を懐に、大坂へ着いた儀助だが、上方の熱気にのぼせて魔が差したのか。あろうことか、怪しげな投資話に乗せられて、三百両を詐取される。

相手は、道修町の唐薬問屋で知り合った、江戸廻船問屋の番頭を名乗る男であった。男が言うには、密輸した最新式の英国製エンフィールド銃が五十挺ほど船に隠してあるという。だが、そいつを引き取るには金がいる。一挺十二両、五十挺で六百両の取引だ。六百両を一度に支払えば、それと引き替えに、エンフィールド銃がこちらの手に入る。

「どうだ、儀助さん。エンフィールドが一挺十二両なら買い得だ。どこの藩でも一挺十五両で買うからな。転売すれば、一挺三両、五十挺で百五十両儲かる計算だ。わしと儀助さんが三百両ずつ出し合って、その六百両でエンフィールドを買ってだな、わしがどこかへ売り払う。儲けの百五十両は山分けだ。儀助さんの取り分は七十五両じゃ。どうだい、悪くない話じゃないか」

見たところ、信の置けそうな男であった（詐欺師とはそうしたものかもしれないが）。唐薬問屋でも、顔役のように振る舞っていた。だが、なぜ、俺に？　儀助が不審に思うのは当然だった。江戸廻船問屋の番頭ならば、大坂にいくらでも知り合いがいるだろう。三百両ぐらいの端《はし》金《がね》、どうにでもなるのではなかろうか。ところが、男は、

「いや、知り合いはまずいんだ。抜け荷の銃だ。話が漏れたら、えらいこと。それにだ。上方衆にとってみるなら、エンフィールド五十挺は小商い。こんな小商いのために危ない橋を渡るだなんて、そんな奇特な商人がどこにいる！」

なるほど、確かに話の筋は通っている。酒を何杯もつがれて、気が大きくもなっていた。酔った勢いとは恐ろしい。

「わかった。三百両じゃな。持っていけ。で、銃はいつ受け取るのかの」

「明日だ。明日中に売り払うところも見つかろう。そうだな……、明晩、宿へ訪ねてこいや。うまくすればその時、三百両と七十五両、締めて三百七十五両、耳を揃えて渡せよう」

儀助は、男の定宿《じょうやど》という旅籠《はたご》屋まで付いていき、三百両を置いて帰った。

翌朝、目が覚めると、さすがに儀助は不安になった。

「一日で七十五両か。そんなにうまい話があるんじゃろうか」

酔いが残ったぼんやりとした頭でも、不安は募《つの》る一方だった。考えていてもしょうがない。とにかく旅籠屋へ訪ねてみよう。ところが、旅籠の女中の話だと、男はけさ早く、夜明けと同時に出ていって、戻るとは言っていなかった。

「やられたっ！」

と気づいたが、さすがにもう手遅れだった。今頃は大坂の市中をとっくに離れ、ほくほく顔で、儀助を笑っているにちがいない。

唐薬問屋で尋ねてみると、手代は男のことを覚えていたが、客でも何でもないという。

「あっ！　あんさん、さては騙されたやろ。この頃、多いのや。お上りさんを狙《ね》ろうておるんや。あの男、客でもないのに馴《な》れ馴《な》れしいで、変やとは思うておったのや。で、いくらやられた？」

　儀助は、力なく右手の指を三本立てた。

「三十両かいな」

　首を振る儀助。

「三百両か。あんさん、それはまた……」

　問屋の手代は、気の毒やら可笑《おか》しいやらで、顔が皺くちゃになっている。

　当の儀助は、すでに涙目になっていた。困った、本当に困った。三百両ぐらいの損ならば、商いでいくらでもあることだ。しかし、今回はいきさつがあまりに悪かった。欲に目がくらみ、怪しげな儲け話を信じてしまい、ころっと鴨《かも》にされるとは！　無様どころの話ではない。これじゃ、商人失格だ！

　目の前が真っ暗になるとはこのことだった。帰ろうにも帰れない。かといって、逃げ出すわけにもいかなかった。元右衛門には、これまでどれほど世話になったろう。黙って姿を消すのは裏切りだ。人でなしの謗《そし》りは免れない。

　そこで、何とか気力をふりしぼり、元右衛門に文《ふみ》を書き、嘘偽りなく事の次第をしたためて、詫びを入れることにした。面と向かって頭を下げるのが筋ではあるが、己自身の馬鹿さ加減とふがいのなさが恥ずかしく、九州へ戻る勇気が出ない。合わせる顔がどこにあろう……、穴があったら入りたい……。頭を抱えて恥じ入るばかりであったのだ。

文を飛脚屋に託して三十日も過ぎただろうか。幸い、儀助は、上方に住む佐賀商人に見知った人があったので、いくばくかの金子《きんす》を借り出して、安宿で悶々とするのであった。九州へはいつ帰ろう、帰ったら元右衛門様は怒るだろうか、頭はそのことで一杯だった。

そんなある日、宿の二階で昼間からうとうとしていると、階下で聞き覚えのある声がする。烏犀圓本舗の手代の声だ！　手代の三郎がやって来た！　慌てて飛び起き、階下へ大急ぎで下りていく。すると、三郎がにやにやしながら、

「儀助さん、あんた、やっぱりここにおったんか。元右衛門様が、儀助の居場所は藤田様に聞けばわかると言うた。本当に、言われた通りじゃな」

藤田様とは、藤田伝兵衛。儀助が金を借りた佐賀商人で、逗留先を伝えてあった。元右衛門は、佐賀を旅立つ三郎に、

「儀助は、金に困れば、必ず伝兵衛に泣きつくじゃろう。あいつのことじゃ、上方で頼るとしたならば、伝兵衛ぐらいしかおらぬから。だから、大坂へ着いたなら、伝兵衛に儀助の居所を尋ねればよい。きっと知っておるじゃろう」

と言ったという。三郎の話を聞いて、儀助は気分が落ち込んだ。元右衛門様は、何もかもお見通し。「まるで、釈迦の掌《てのひら》の上の孫悟空。元右衛門様の前ではこのわしもただの猿の化け物か」

觔斗雲《きんとうん》に飛び乗って、世界の果てを一目散に目指した孫悟空。世界の果てには柱が五本立っていた。そこで、一本の柱に「斉天大聖」と自分の名前を落書きし、ついでにオシッコをひっかけた。ところが、柱はお釈迦様の手の指で、世界の果てに着いたつもりが、実はお釈迦様の掌を飛び出ることすらかなわなかった。儀助も、元右衛門の掌でじたばたしているだけだった。

うなだれる儀助に、三郎は文《ふみ》と金子五両を手渡した。文には一言、許す、長崎へ戻れとだけ書いてある。

「元右衛門様が、儀助さんに渡すようにと。それと、これは路銀だそうじゃ。薬種はわしが仕入れて帰る。儀助さんは今日にも大坂を発ち、長崎へ向かうといいじゃろう。藤田様から借りた金子はわしが一文残らず返したで」

「三郎さん、元右衛門様は怒っておられるか」

「さてな、帰ってみればわかるじゃろうが。長崎での楽しみにとっとけや」

「三郎さん、わしのことをいたぶるまいて」

儀助は、男泣きに泣くのであった。文にも、たっぷりの路銀にも、優しさが溢れているようだった。と同時に、不思議に思う。

「元右衛門様は、なぜこんなにお優しい？　いや、帰ったら、待っていましたとばかりに、こっぴどく叱るおつもりじゃ。覚悟を決めんといけないな」

だが、儀助の想像は当たらなかった。

長崎へ着くや、元右衛門のお店《たな》へ道を急いだ。暖簾《のれん》をくぐり、お店へ入ると、元右衛門が何やら書状を読んでいる。

「元右衛門様！　儀助にございます。只今、戻りました」

威勢はいいが、から元気。口の中は緊張で渇ききっていた。

気がついた元右衛門と、目と目が合った。思わず首をすくめるが、元右衛門の態度は意外であった。まるで、何事もなかったように、

「おう、儀助か。戻ったか」

それだけ言うと、書状に再び目を落とす。儀助は儀助で、あっけにとられて立ちすくむ。すると、元右衛門は、ふと思い出したように顔を上げ、

「油断しまいて。世間にはごろがわんさとおるぞ。が、ごろもまた人のうち。人を見る目を持つんじゃな」

そして、また書状に目を戻す。それだけだった。その一言だけで許された。

「世間にはごろがわんさといる、か。ごろもまた人のうち……」

抜け荷業者らと付き合いのある元右衛門からそう言われると、意味深に聞こえてくるのであった。

第五章　大隈重信との出会い

文久～慶応年間、長崎市中

幕末期の長崎商界。時代の変化を機敏にとらえ、巨万の富を手中に収める新興勢力が現れた。女傑として有名な大浦慶もそのうちの一人であったろう。

慶は、油問屋を営む商家の一人娘で、文政十一年（一八二八）の生まれであった。なかなかの旧家であったが、早くに父が他界して、家業も天保の頃から傾いた。そして、天保十四年（一八四三）、長崎の町を大火が襲うと油屋町にも燃え広がって、大打撃を被《こうむ》った。

だが、嘉永に入り、一大転機が訪れる。儀助が蔭ノ尾島で飯炊きをしていた嘉永六年（一八五三）、慶は、近く長崎を去るという出島のオランダ人に佐賀嬉野茶《うれしのちゃ》の見本を託す。送り先は、米英、そしてアラビアだった。その三年後の安政三年（一八五六）、見本を託したのが奏功し、英国商人オールトから慶のところへ大口の注文が舞い込んだ。三年後とはずいぶん遅いが、待っただけの甲斐はあり、茶商、貿易商人大浦慶の初の商談だったのだ。

「野中古水伝」によるならば、当時、嬉野茶は「宇治茶に押され、四苦八苦の態《てい》」だった。原因は製法の違いで、日本茶は蒸気で蒸す蒸製が大部分を占めていて、宇治茶もまたそうである。だが、嬉野茶は釜で炒る釜炒製であったため、人々の嗜好《しこう》の変化もあって、好まれなくなっていた（釜炒製の日本茶は、嬉野茶以外では、熊本、宮崎の青柳茶が有名である。釜炒りの茶は勾玉《まがたま》状で、中国の緑茶に近かった）。慶は、この嬉野茶に目をつけて、海外に活路を見出した。そして、成功を収めた慶の名は、長崎に広く知れわたり、羨望《せんぼう》の的となっていた。

さて、茶と言えば慶という中、元右衛門は何を思ったか、儀助に対して茶業参入の命を出す。

「儀助、お前、唐茶をやれ。唐茶をえげれすい人へ売り込めば、お慶の鼻をあかせるぞ」

あわてたのは儀助であった。唐茶などは素人だったし、味も香りもわからない。

「元右衛門様、それは無理かと。唐茶などはまるで見当もつきませぬ」

皮肉な笑みを浮かべつつ、尻込みする儀助に対し、元右衛門はこう言った。

「お慶の生い立ち、お前もどこかで聞いたはず。お慶は油屋の娘じゃぞ。畑違いもはなはだしいが、女子《おなご》の身でありながら見事にやってのけたじゃろうが。油屋の娘子《むすめご》にできて、なぜ足軽だった男のお前にできんのか！」

元右衛門が言う唐茶（中国茶）とは、紅茶のことを指している。

欧州に初めて茶が伝わったのは十七世紀、一六一〇年で、オランダの東インド会社が日本の緑茶を持ち込んだ。その後、茶を飲む習慣が欧州各地に広がるが、緑茶が主で、紅茶はほとんど飲まれなかった。だが、次第に紅茶の消費が増えて、十八世紀中頃は、輸入茶の三分の一が緑茶で、三分の二が紅茶となっていた。

では、どこから輸入したのだろうか。意外なのだが、最大の産地は中国南東部の福建で、輸出花形商品だった。紅茶と聞くと、インドのアッサム地方、セイロン（スリランカ）を連想するのだが、アッサムで紅茶づくりが始まったのは十九世紀、一八三九年で、セイロンはそれより遅かった。

ちなみに、幕末日本を震撼《しんかん》させた英清アヘン戦争も、紅茶絡《がら》みのものだった。すなわち、英国は紅茶の輸入代金を中国へ銀で支払った。だが、輸入量は増える一方で、英国からの銀の流出が止まらなかった。そこで、英国東インド会社は、片貿易是正《かたぼうえきぜせい》を図るため、インドのアヘンを中国へ大量密輸した。その結果、中国では中毒が蔓延し、経済的にも巨額の銀が流出するなど大打撃を被った。それに中国が反発し、英国が武力に訴えたのがアヘン戦争の端緒であった。

元右衛門は、紅茶と簡単に言うのだが、雲を摑《つか》むような話であって、儀助は頭を悩ました。第一、製法がまったくわからない。これについては、長崎の唐人だけが頼りであった。彼らに教えを請うしかないのだが、さすがに専門家は皆無であって、断片的な話だけでも聞ければいいほうだったのだ。

中国語で書かれた紅茶の本も手に入れた。唐人が持っていたもので、足元を見られたのか、二十両なら売ってもいいという。背に腹は替えられないから、泣く泣く大枚をはたいてみたが、製茶法については概略が載っているだけで、ないよりはましな程度であった。

また、考えてばかりでもしょうがないので、緑茶づくりの職人を佐賀から二人呼び寄せて、紅茶の試作に当たらせた。ただ、緑茶と紅茶は、製法がまったく異なっている。緑茶は不発酵茶、紅茶は発酵茶なのであり、職人達もとまどってばかりで進まない。それらしき姿形のものでさえ、できるまでには四苦八苦の有り様だった。原料となる茶葉は、長崎近辺で手に入れた。茶は、摘んでから時間をおかずに加工に入る必要があり、近場での入手が必須であった。

だが、紅茶づくりが日の目を見る日は来なかった。緑茶とはあまりにも違いすぎ、工夫に工夫を重ねても、結果のほうはさっぱりだった。

それもやむを得ない面があり、日本では明治七年（一八七四）、内務省勧業寮農政課に製茶掛を設置して、官民挙げての紅茶づくりに乗り出した。中国から技術者を招いたり、旧幕臣で茶の栽培を手がけていた静岡の多田元吉をインドへ派遣したりして、産業化を図ったわけである。ところが、茶葉が紅茶に合わないし、技術も未熟であったから、アッサム茶などには対抗できずに、尻切れトンボとなっている。儀助が挑んだ紅茶づくりは、それほどの難事業であったのだ。しかも、まだ幕末という早い時期だったから、誰がやっても、うまくいくはずがないのであった。ただし、日本で紅茶づくりに取り組んだのは、儀助が最初でなかったか。成否はともかく、このことだけは記憶されてもいいだろう。

こうして、紅茶については、二年余りの歳月をかけ、三千両ほどもつぎ込んだのだが、慶応元年（一八六五）、儀助はとうとう音を上げた。日銀貨幣博物館の試算では、幕末の一両は現在の三千円から四千円に相当するという。また、別の試算を見てみると、慶応元年の一両は現在の六千円ぐらいだそうだ。それらをもとに計算すると、儀助がつかった三千両は、千二百万円〜千八百万円ぐらいに当たるだろうか。

元右衛門は、さもありなんといった表情で、

「そうか。だめであったか。で、次はどうする？」

儀助は、下駄を預けられた格好となり、迷った挙げ句に出た一言は、

「そう……、ならば緑茶がよかろうと。お慶様も緑茶ですので……」

「緑茶か。だがのう、緑茶ではお慶との真っ向勝負にならんかな。お前も此度《こたび》はわかったろう。ほうぼうの百姓、仲買がお慶に押さえられておる。それでも成算があると申すか」

ない、とは言えそうもない雰囲気なので、儀助はしぶしぶ、

「成算は……たぶん、ございます。嬉野は釜炒りでございます。ならば、宇治式の蒸製に切り替えて、それで競うてみてはいかがかと」

儀助は、紅茶づくりの合間に副業として、神戸で嬉野茶を売ってみた。相手は、英国の貿易商だ。彼は、嬉野茶を手に取り、香りを嗅いで、半値なら買ってもいいという。驚いて理由を尋ねると、茶としては良好なのだが、釜炒製ゆえ、半値だとの答えであった。この経験があっ

たから、釜炒製にはとうに見切りをつけていた。

「そうか。ならば、お前に任せよう。ところで、儀助、お前、丸山でいったい、いくら散財したのかの」

不意を突かれて、言い訳も何も浮かばなかった。顔から汗が吹き出した。

「丸山もよいが、何事もほどほどが肝心ぞ。ほどほどがのう」

丸山とは長崎の遊郭で、寛政期に市中の遊女屋を丸山、寄合の両町に移転させたのが起源だそうだ。遊女評判記『長崎土産』（延宝九年＝一六八一刊）によるならば、丸山町には三百三十五人の傾城《けいせい》（遊女）がおり（うち大夫六十九人）、寄合町の傾城は四百三十一人だったから（うち大夫五十八人）、合わせると七百六十六人だ（長崎大学「幕末・明治期　日本古写真コレクション　丸山遊郭～寄合町の通り～」解説文より）。嬌声が谺《こだま》し、白粉《おしろい》の匂いでむせ返るほどであったろう。

また、丸山の売り物だったのが、遊女のまとうあでやかな衣裳の数々で、「京の女郎に長崎の衣裳を着せ、江戸の張りを持たせ、大坂の揚屋《あげや》に遊びたしと云ふことあり」とまで言われたほどだった（「江戸の張り」の「張り」は「意地」）。逃亡などを防ぐため、遊女は普通、郭《くるわ》の外へは出られない。だが、丸山だけはほかとは違い、郭から出て唐人や紅毛人の相手もしたし、町行きや船遊山《ふなゆさん》も自由であった。

儀助は、この丸山の遊女に入れ込んだ。小四郎とつるんで、夜な夜な丸山詣《もう》でであったのだ。だが、丸山には、元右衛門と付き合いのある商人、地役人がわんさと来ていて、儀助の丸山通いがばれるのは時間の問題であったのだ。

「丸山での散財は二百両ほどかと存じます……」

嘘である。実は小四郎と二人で豪遊し、七百両はつぎ込んだ。

「ほう、二百両とな……。たいそうなお大尽ぶりであったそうじゃが。まあ、よい。ほどほどにじゃぞ。わかったの」

だが、儀助は懲《こ》りていなかった。女好きは生涯の痼疾《こしつ》であったから……。

「小四郎、冷や汗もんじゃ。丸山通いが元右衛門様にばれてしもうた」

「そうか。なら、しばらくはおとなしゅうしとらんと」

「いや、かまわんて。行くなとは言われんかった。ほどほどにとのことじゃった。今晩、どうじゃ？　山遊楼へでも上がらんか？　高雄がお前を待っとるぞ！」

「儀助よ、今晩はさすがにまずかろうて。明晩はどうじゃ」

「明晩なら今晩でも同じこと。なら、小四郎旦那、今宵《こよい》参るといたしやしょうか」

「あほう。で、金は」

「隠し金が百両じゃ。これで、話は決まりじゃな」

儀助が長崎で聞いた話では、なんでもその昔、上方《かみがた》に西鶴《さいかく》という名の俳人がいて、この遊里の魔力と賑わいを「長崎に丸山という処《ところ》なくば、上方銀無事に帰宅すべし、爰《ここ》通ひの商い、海上の気遣いの外、いつ時を知らぬ恋風恐ろし」と描写したという。まさに「恋風恐ろし」で、儀助も虜《とりこ》になっていた。

さて、紅茶はあきらめ、緑茶へ乗り換えた儀助であるが、緑茶のほうも、紅茶ほどではなかったものの、けっこうな苦労を強いられた。なぜなら、釜炒製から蒸製へ切り替えると言っても、知識も経験もなかったし、長年の製法を捨てることには抵抗感も強かった。そこで、儀助はどうしたか。「松尾儀助君伝」によるならば、

之《これ》を宇治製に改めんと欲して、駿遠三の三州より職工十余人雇ひ入れ、之を茶の産地たる武雄《たけお》嬉野等の各地に配付し一時に製茶の改良に着手せり……

「駿遠三」とは、駿河《するが》、遠江《とおとうみ》、三河《みかわ》の三州で、現在の愛知県から静岡県にかけての地域を指している。言うまでもなく、この一帯は茶の産地として名高いところ。そこから十人を超す職人を遥々九州まで呼び寄せた。金もかかれば、手間暇もいる一大事業と言っていい。

しかし、結果は残念ながら、「到底宇治製に及ぶ能《あた》はざりしを以《もっ》て、松尾は是《これ》を小利得となし……」（鍋島直正公伝）と言われるように、儲けはわずかで、成功とは言いがたかった。

また、職人招致が正攻法だとするならば、搦《から》め手からも攻めている。つまり、今の世なら非難され、袋叩きにされるだろうが、当時にあっては斬新な人工着色も試みた。

緑茶を製して盛《さかん》に米国に輸出すべしとて、長崎に支那人を雇うて緑礬《りょくばん》の著《着》色をなし、肥前を始め肥筑の茶葉を包攬《ほうらん》して米国人に売与せんと計画せり。かくて彼がこの企画は遂に失敗に畢《おわ》りたれども……（鍋島直正公伝）

「緑礬」とは、淡緑色の硫酸鉄で鉱物だ。海路、遠く欧米まで運ばれる日本茶は、湿気や暑さなどによる変色および退色が避けられなかったにちがいない。そこで、緑礬による人工着色を試みたのだが、風味を損《そこ》ね、食品には不向きであった。この計画も結局は、成功しないで頓挫《とんざ》した。

茶との悪戦苦闘と郭三昧《ざんまい》——。茶では頭も悩ますが、やればけっこう面白い。それに、日が暮れ、郭へ行けば、違った世界が待っていて、満たされた日々が過ぎていく。

儀助が大隈八太郎（重信）を知ったのは、まさにそんな時だった。

儀助はその頃、新橋町の元右衛門の別邸に住んでいた。賄《まかな》いの付く居候《いそうろう》のような身分であって、隅の一間《ひとま》をあてがわれ、そこが儀助の寝所《しんじょ》であった。

ある晩、儀助は寝つかれず、水でも飲もうと起き出した。厨《くりや》（台所）へは庭に面した廊下が近道だった。

ところが、廊下の角を厨のほうへ曲がった時だ。誰かがそこに立っていて、鉢合《はちあ》わせするところであった。はっとして立ち止まり、暗がりに瞳をこらしてみると、背の高い男であった。男の後ろに元右衛門の姿もぼんやり見える。子《ね》の刻（深夜十二時）はとうに過ぎている。なぜ、こんなに遅くにと訝《いぶか》る儀助。すると、元右衛門が男に向かい、

「大隈様、こやつが前に申した松尾儀助でございます。それにしても、大隈様も儀助も並んでみると何とまあ、見上げるようでありますな」

儀助の背丈は六尺（約百八十センチ）以上、八太郎の背丈も同じぐらいと言われているので、感嘆したのも無理はない。

「ほう、こやつが儀助……か。儀助、久しぶりじゃな。こんなところでお前の顔を見ようとは」

儀助も、あっと気がついた。この大男、丸山で何度か見かけたぞ！　八太郎は、狼狽する儀助に、さらに追い打ちをかけてきた。

「おぬし、相変わらず山遊楼か。馬鹿の一つ覚えじゃあるまいに。どうじゃ、わしと別の……

そうじゃな、蘭海楼へでも上がってみんか」

人が群がり、身を隠すのに都合のいい丸山は、諸藩の志士らの密会所にもなっていた。もっとも、八太郎の丸山通いの目的は、密会ばかりではなかったようだ。『歴代総理大臣伝記叢書　大隈重信』（ゆまに書房。以下、大隈重信）にも、「大隈が在藩時代長崎における遊興振りは当時諸国志士の好話題であったらしい。かれの遊興は一般書生のそれではなかった。かれが派手な流行姿で、一夜に千金を擲《なげう》った堂々たる遊興は志士らを驚かした」とある。

長身に流行の着衣では、このうえなく目立つ風体だ。だから、儀助は、丸山で見かけた八太郎のことを覚えていたし、八太郎も、長身で目立つ儀助の容姿を記憶に留めていたのであった。

「そういえば、元右衛門様は、大隈様と呼ばれていたな。そうか、大隈八太郎か！」

長崎にちょくちょく姿を見せる佐賀藩士の数は多くない。見知っていなくとも名だけは一人残らず聞いている。

「そのう、もしや大隈八太郎様でございますか」

「左様、わしが八太郎じゃ。見知り置くよう頼んだぞ」

そう言うと、八太郎は下駄を引っかけ、庭の木戸から出ていった。あっという間の出来事だった。

元右衛門と古川彦兵衛は、大隈八太郎と昵懇《じっこん》だった。彦兵衛は、前にも言ったが、元右衛門の商いの師という人物だ。

『大隈侯八十五年史』の記述によるならば、八太郎が彦兵衛と知り合い居宅へ出入りするようになったのは佐賀藩蘭学寮時代のことであり、八太郎が蘭学寮に入舎したのは、安政三年（一八五六）、十九歳の時だった。蘭学生なら誰でも外国商人と自由に談話し得ると思い込んだ彦兵衛が、一攫千金《いっかくせんきん》を目論んで、蘭学生だった八太郎に取り入ったとも書いてある。また、「その他、時の御用商人水町寿兵衛、野中元右衛門等も亦《また》君と交《まじわ》りを結んだ」ともあり、元右衛門が八太郎を知ったのも、この頃のことであったのか。

八太郎は、安政二年（一八五五）に藩校弘道館を退学させられ（弘道館南北寮騒動の首謀者と見られたらしい）、その後、藩の蘭学寮に入舎した。そして、蘭学を修めつつ、一方では枝吉神陽《えだよししんよう》から国学を学んでいたという。神陽は、副島種臣《そえじまたねおみ》（後、明治政府参議、外務卿、宮中顧問官、枢密顧問官などを歴任）の兄であり、西に神陽あり、東に東湖ありとまで言われたそうだ。東湖とは水戸藩の藤田東湖で、尊王攘夷を説いた水戸学の中心人物の一人であった。

また、文久元年（一八六一）、蘭学寮が弘道館に吸収されると、八太郎は師範に任命される。そして、藩主鍋島直正にオランダ憲法について進講し、直正は「今日の大隈の講義ははなはだ宜《よろ》しかった」と絶賛だった。

とはいえ、時代が時代であったから、八太郎も学問だけに専念していたわけでない。弘道館時代の安政元年（一八五四）、八太郎は久米邦武《くめくにたけ》と義祭同盟に加わった。神陽らにより結成された義祭同盟は、楠公（楠木正成）を祭り、勤王を旨とする集まりだった。

万延元年（一八六〇）、大老井伊直弼《いいなおすけ》が尊王攘夷派の水戸浪士らに殺害されると（桜田門外の変）、直正は直弼と肝胆相照《かんたんあいて》らす仲であったため、江戸表にあった直正にまで危害が及ぶのではないかと危惧された。

そのため、佐賀藩は、軍艦を品川沖へ回航し、藩の壮士三十名を江戸表へ急派した。その時、八太郎は自分もその一員に加えるように、盛んに働きかけを行った。八太郎東上の目的は、藩主を説いて、尊攘の大本山水戸と組ませることだった。ところが、東上は許されず、頓挫する。

そして、元治元年（一八六四）、この年には馬関戦争（下関戦争）が起きている。その前年の文久三年（一八六三）、長州藩は攘夷の朝命に従って、下関（馬関）海峡で米仏蘭の商船、軍艦を砲撃し、諸外国の怒りを買った。愚かな攘夷が通商の障碍《しょうがい》になっている。だったら、攘夷などは不可能と思い知らせるのが一番だ。そこで、駐日英国公使オールコックは、米仏蘭に軍事行動を呼びかけた。

翌元治元年、英艦九隻と、呼びかけに応じた仏艦三隻、蘭艦四隻、米艦一隻、合計十七隻の大艦隊が豊後《ぶんご》水道に集結し、砲二百八十八門、兵員五千十四名という圧倒的な軍事力を行使して（長州の砲は七十余門）、わずか三日で長州藩を屈服させた。

この戦争が起こる前、長州藩士木戸孝允《きどたかよし》が佐賀を訪れ、佐賀藩士大木喬任《おおきたかとう》（後、明治政府の参議、司法卿、文部卿、枢密院議長）に援を求めた。義侠心にかられた喬任は、藩を挙げての助力を請け負った。そのために八太郎も奔走したが、喬任は藩から譴責《けんせき》されて、八太郎の意見も通らなかった。

また、元治元年に長州追討の朝命が下り、幕府が諸藩に出兵を命じたが（長州征伐）、佐賀にいた八太郎は……もう、やめよう。いちいち書いたら、きりがない。

要するに、当時、八太郎は、尊攘論に傾倒したり、幕府の長州征伐に抗したり、大政奉還を画策したりと国事のほうでも忙しかった。ただ、実を結んだものはないに等しい。その原因は何と言っても、藩主鍋島直正が幕末の激動期にあっても体制の抜本変革は望んでおらず、公武合体を旨《むね》としていたことにあり、それに尽きると言っていい。

政治的には中途半端で、悶々としていた八太郎が、藩に経済策を進言したのは元治元年のことだった。その時、彼は藩に対して次のように建白したという。

長崎に私貿易が開けたからには代品方は自然彼の地との貿易を目的とすべきではあるが、上国《じょうこく》との気脈を通じなければ、代り品の物産を有効に支配することが出来ぬ。それ故有無を通ずる貿易主義により、長崎で活動し、わが藩に貿易を制すべき支配権を得なくてはならぬが、それには差当り、四十万両の金を要する。（大隈侯八十五年史）

「彼の地」とは欧米、「上国」は大坂を指すと思われる。「有無を（相）通ずる」は、一方にあって他方にないものを互いに融通し合うことである。四十万両は、現在の四十億円に相当するか（元治の頃の一両＝現在の約一万円）。

ここでは要するに、佐賀藩代品方は欧米との通商に邁進《まいしん》すべきで、そのためには大坂商人とのいっそうの協力関係が不可欠であると述べている。具体的には、大坂と長崎に商館を設けて、ここに三十万両〜四十万両の資本を投じ、それによる通商の拡張を企図したようだ（大隈重信）。

さらに、神戸の海岸地帯の買収も合わせて建議した。今は荒れ果てた砂地だが、開港に伴い、地代が高騰すると見込んだようだ。以後、八太郎はたびたび代品方の用を帯び、長崎、兵庫の間を行き来する（大隈重信）。

また、慶応元年（一八六五）、長崎五島町の諫早屋敷に佐賀藩の英学塾致遠館《ちえんかん》が開設される。この開設に奔走したのも八太郎で、副島種臣を監督に据え、フルベッキが教師であった。致遠館を長崎に置いたのは、外国人教師を招けるし、藩の監視を免れられるからだった。また、長崎に結集している諸藩の志士と交われる。

なお、フルベッキは、オランダ改革派教会宣教師。オランダで生まれ、米国に移住した後、安政六年（一八五九）に来日し、長崎で日本語を習得してから密かに布教を行った。また、長崎の洋学所や済美館（洋学所の後身）などで、英語、仏語、独語などの語学や、政治、科学なども教えたようだ。致遠館に招かれたフルベッキは日記の中に、「私は二人の極《ごく》有望な生徒をもった。それは副島と大隈である。かれらは新約全書の大部分を研究し、米国憲法の大体を学んだ」と記したそうで（大隈重信）、フルベッキはまるで二人の「専任教師」のようだった（大隈侯八十五年史）。

さて、このように大隈八太郎は、佐賀藩代品方の要務に参画し、致遠館に属することにより、長崎をいわば本拠地として、商人達との繋《つな》がりもいっそう緊密になっていく。

それにしても、八太郎はなぜ商いに関与し、商人との縁《えにし》を深めたか。そのあたりの事情については次のような見方がされている。つまり、

かれはみずから、その（致遠館。引用者注）経営に当り、長崎に集まる有志の商人を説いて、それらの計画の資金を得て、致遠館の拡張を成就した。（大隈重信）

また、当時、「君（八太郎。引用者注）は藩から与へられた運動費だけでは、思ふやう働けぬので、有力な佐賀商人の顧問となつて、その方からも融通を受けて、それで補ひを付け」ていた（大隈侯八十五年史）。

要するに、致遠館の設立、運営だろうが、志士としての活動だろうが、先立つものは金である。金がなければ動けない。そこで、商人達に知恵を授けて儲けさせ、言葉は悪いが、上前を撥《は》ねていたのであった。八太郎自身は商人について、

固《もと》よりその多数は営利にのみ汲々《きゅうきゅう》として、共に国事を談ずるに足らざれども、中には活潑《かっぱつ》なるものあり、多少の知識を具《そな》えて公共的の事業に注目し、且《か》つ義俠心に富むものなきにあらず、是《これ》を以て、余輩は彼等の為に相応の力を致し、且つ彼等に依って学校を拡張し、同志者を養うの道を講ぜんと欲したり、然《しか》るに彼等の中には、余等の勧誘に応じたるもの亦《ま》た少からず、余が盛んに富国策を提唱したるは、即ち此《こ》の時の事にして……（大隈重信）

などと批評した。生意気ともとれる言い草だったが、それでも御用商人にとってみるなら、商売熱心な藩士がいれば、事が有利に運んだし、何かと重宝だったのだ。

儀助が八太郎と初めて言葉を交わした時から数日ほどが過ぎていた。例により小四郎と二人で丸山をぶらぶら歩いていると、ぽんと背中を叩かれた。振り向くと、八太郎が立っていて、「参ろうか」とだけ言うのであった。呆気《あっけ》にとられていると、

「忘れたか。蘭海楼じゃ。どうじゃ、参るか」

一も二もない。大隈様と一緒なら、俺もいっぱしのお大尽！　誰だって喜んでついていく。

「こやつは小四郎にございます。兄弟分にございます。お差し支えなければ小四郎も……」

「わかっておる。早く参れ！」

この後、二人の付き合いは、明治三十五年（一九〇二）まで、四十年近くも続くのだ。明治三十五年は儀助が逝去した年であり、儀助にとって、大隈八太郎（重信）は、終生の知己であったのだ。

八太郎は、郭へ上がるとやりたい放題、憂国の志士とは思えなかった。食って、飲んで、騒いでは、太夫《たゆう》にいらぬちょっかいを出し……。だが、不意に真顔に戻っては、何かを考え込んでいる。

実は、八太郎もつらかった。この頃はまさに激動期。元治元年（一八六四）から慶応末年（一

八六八）だけ見てみても、東では水戸藩尊攘激派の挙兵があった（天狗党の乱）。京都では、新撰組が長州などの尊攘派志士を斬殺し（池田屋事件）、長州兵と諸藩の兵の武力衝突が起きている（禁門の変、蛤《はまぐり》御門《ごもん》の変）。

そのうえ、長州征伐があったり、薩長同盟（薩長連盟）が成立したり。慶応三年（一八六七）には、徳川慶喜による大政奉還、坂本龍馬暗殺と、息つく暇もないほどだった。

その後も、幾多の動乱などを経て明治へ移っていくのだが、佐賀藩の果たした役割は、薩長などと比べた場合、見劣りするのが事実であった。

それに、八太郎自身も空回りばかりであったのだ。例えば、慶応三年、将軍慶喜に大政返上を勧めるために副島種臣と脱藩し、大坂、京都へ上ったが、藩吏に捕まり、佐賀へ送り返された。このままでは佐賀藩も自分も取り残されると焦ったし、藩庁に対する歯がゆさもあったにちがいない。それがときどき、表情に出ることがあったのだ。

だが、儀助はいつも知らん顔でやりすごす。八太郎は一歳年下だったが、まずもって身分が違うから、分をわきまえ口出ししないのが礼儀であった。それに、政《まつりごと》など我が事にあらずとの思いもあった。

「侍とは不自由なもんじゃ。天下国家に振り回されて、人を斬ったり斬られたり」

一方で、乱痴気騒ぎの裏にある八太郎の焦慮もよくわかり、慰めになればと、努めて明るく振る舞った。

儀助はその後、元右衛門の名代《みょうだい》として、商いでも八太郎としばしば一緒になった。

元治元年（一八六四）、烏犀圓本舗の惣領《そうりょう》八代目源兵衛安貞が三十八歳で夭死《ようし》した。だが、後を継ぐべき彼の嫡子は十六歳という若さであった。そこで、嫡子が成人するまで元右衛門がまたも中継ぎ役を務めることになったのだ。

そうなれば、長崎にばかりもいられない。佐賀、長崎を往来し、烏犀圓本舗の経営と、代品方のお役目などを兼務するほかないのだが、長崎における商いに前ほど集中できなくなったのだ。だが、通商貿易は右肩上がりの時代であった。迂闊《うかつ》に手抜きはできないし、かといって一人では限界が見えている。そこで、元右衛門の不在時は、儀助がその名代として長崎における商いを仕切る運びとなったのだ。『鍋島直正公伝』は、儀助を「其《その》（元右衛門の。引用者注）番頭なり」と記しているが、番頭と見られるようになったのは、これ以降のことだった。

出世と言えば出世であった。だが、これで好き勝手ができそうと小躍《こおど》りしたのも束の間だった。酸《す》いも甘いも嚙み分けた元右衛門につけいる隙はない。お店《たな》では、主人から言い含められた番頭、手代が儀助に睨《にら》みを利かせているし、別宅でも下女達が儀助の素行を監視した。郭通いの度が過ぎて、帰らぬ夜が続こうものなら、たちまち佐賀の元右衛門へ注進が及ぶ手筈であった。

「小四郎、なんだか前よりも窮屈じゃ」

小四郎はにやにやするだけで答えない。

「あっ！　小四郎っ、さてはお前も……」

さしもの儀助も事態を悟《さと》った。元右衛門は、小四郎にも命じてあったのだ。儀助が羽目を外さぬように、そばで見張りに徹せよと。だから、小四郎はこのところ、郭の「く」の字も言わなくなった。

「裏切り者め。これじゃ、まるで間者《かんじゃ》の群れの中に放り込まれたみたいじゃないか。やっぱりわしは、釈迦の掌の孫悟空。元右衛門様にはかなわぬわ」

儀助は天を仰《あお》ぎ溜息をつく。それでも、

「郭通いも、大隈様の誘いであれば大義名分が立つしな」

と、八太郎に救いを見出した。

もっとも、時代が風雲急を告げる中、さしもの八太郎も郭どころではなくなって、儀助は身もだえするのであった。

それはともかく、八太郎は商人に様々な策を授けたようだ。

例えば、蝦夷《えぞ》地との交易である。釧路のあたりで佐賀人に昆布漁などを行わせ、これらを九州に運ぶと同時に、箱館では九州の物産を売り捌《さば》かせた。
昆布と言えば、古くから俵物三品（煎海鼠《いりこ》、干鮑《ほしあわび》、鱶鰭《ふかひれ》）とともに中国向けの重要な輸出品目だった。大儲けできないはずがなく、この取引には儀助も一枚嚙んで、相応の利益を得たのであった。もちろん、そこから八太郎が上前を撥ねていくのであるが、顧問料と思えば安かった。

ただし、八太郎の意見に従って大損した商人もいる。例えば、江戸への米の売り込みである。船に米を満載し、江戸表まで運んでみたが、投げ売りするしかなくなって、泣くに泣けない赤字を出した。江戸では、例えば関東産の米ならば、関東米穀三組問屋を経て河岸八町米仲買から脇店八ヶ所組米屋に売られていって、さらに搗米屋《つきごめ》を経て武士や庶民の胃袋へ……というように、複雑な流通経路ができていた。今で言うなら参入障壁なのであり、固く門戸が閉ざされていて、新参者の入り込む余地などなかったわけだ。商習慣は地域ごとに異なるし、一筋縄ではいかないものだ。侍である八太郎に、そこまでの経験も知識もなかったろう。

また、最も八太郎らしい企ては、大坂への米搬入計画だった。

高杉晋作率いる長州の奇兵隊が馬関で決起し、藩の主導権を奪取すると、慶応二年（一八六六）、幕府は長州再征を決意する（第二次長州征伐）。この時、長州藩が馬関海峡（下関海峡）を実力で封鎖したために、海運が途絶し、大坂などでは米不足に陥った。しかも、諸藩が戦乱に備えて兵糧米を備蓄したため、各地で物価が騰貴して、庶民の暮らしを破壊した。ゆえに、打ち毀《こわ》しや百姓一揆が相次いで幕府軍の背後を脅かし、ひいては長州征伐の失敗にもつながっていくのであった。

一方、九州では米の販路が断たれたために、米余り現象が起きていた。この九州の米を大坂へ海送すれば濡れ手に粟《あわ》の大儲け。長州藩が押さえる馬関海峡の通過については、八太郎が交渉に当たるから、案ずることはないという。

奇策とも言うべきこの案に、商人達は飛びついた。儀助もそのうちの一人であった。馬関はいわば最前線だ。そこを、米を満載した船で通り抜けるとは商人冥利《あきんどみょうり》に尽きるじゃないか。しかも、これで上方商人の度肝を抜ける。そう思うと、八太郎が商売の神様に見えてきた。

「戦も商機にするなんて、大隈様は天才じゃ」

儀助は、元右衛門の許しを得るや、用船の確保と米集めに奔走し、あとは出港を待つだけだった。商人らは一万俵もの米をかき集め、船積みしていたのであった。

もっとも、いざとなると不安が募る。なぜなら、幕府も海軍を持っている。瀬戸内海か大坂湾で幕府の軍艦と遭遇したら、やり過ごすことができるだろうか。長州の回し者と誤解を受けて、砲撃されたらどうしよう……。

しかし、思わぬところから横槍が入り、米搬送計画は頓挫《とんざ》する。佐賀藩の上役がこの計画のことを嗅ぎつけて、まかりならぬと言ってきた。濡れ手に粟とは口実で、真の目的は長州を支援するための資金稼ぎと判断されたようである。

困ったのは、商人達だ。米一万俵が行き場を失った格好だった。一俵はだいたい四斗（六十キロ）から四斗五升（六十七キロ）入りだったから、四斗としても六百トンだ。儀助の持ち分に限ってみても、千八百俵あまりで百八トンと、簡単に始末がつく量でない。

だからといって、八太郎を責めるのはお門違《かどちが》いであったのだ。悪いのは佐賀藩の石頭達なのである。

「儀助、すまんな。妙案じゃと思うたが、佐賀藩はどっちつかずでな」

儀助は結局、佐賀の元右衛門に泣きついて、米千八百俵を片づけた。元右衛門は、これらの米を兵糧米として佐賀藩に買い取ってもらったようである。政治情勢が緊迫の度を増す中で、佐賀藩も米の備蓄には乗り気であった。

ただ、事情が知れ渡っていたために、足元を見られたのはしょうがない。買い取り価格は相場よりも相当安かった。もっとも、元右衛門は代品方の「巨擘《きょはく》」と称された商人だ。数千両程度の損ならば、蚊に刺されたようなものだった。それぐらいで揺らいでしまう柔《やわ》な屋台骨ではなかったし、危険は織り込み済みであったろう。

そもそも、大隈八太郎は武士である。商いなど素人だった八太郎の思いつきを実行できたのは、元右衛門や儀助ら商人が、それなりに確実な手立てでもって富を蓄積していたからだ。だからこそ、八太郎の博打《ばくち》商法に付き合えるだけの余裕があった。

元右衛門の商売上手を物語る一つの例が、綿花の商いだったろう。米国の南部地域は綿花の一大産地となっていて、最も大事な輸出品目の一つであった。この綿花を栽培するために、アフリカの黒人奴隷が大勢酷使されていた。しかし、商工業が中心の米国北部は奴隷制度を非難した。そして次第に南部と北部の対立が激化して、南北戦争（一八六一～六五年）が引き起こされる。

戦火の中では、綿花の栽培も輸出もままならず、供給量の減少にともない、世界の綿花価格は騰貴した。元右衛門はそこに目をつけた。元右衛門は、

南北戦争で棉花暴騰の気配見ゆるや、大阪より棉花を船積して帰帆中の薩摩の商人市来正左衛門後に四郎を長州沖へ迎へて、これを買占め、巨利を得た。（野中古水伝）

市来正左衛門とあるが、正右衛門の間違いだ。また、商人ではなく薩摩藩士が正しいようだ。それはともかく、幕末にはこのように、佐賀の一地方商人であれ、世界の動きに目を凝らし、藩の垣根を乗り越えた商売を営むようになっていた。八太郎も大したものだが、商人自体も時

代の流れを捉《とら》まえた斬新な思考を持っていた。

第六章　儀助の恋

慶応年間、長崎市中・慶の屋敷

儀助も今や茶業以外にも手を広げ、一端《いっぱし》の商人になりつつあった。元右衛門も、儀助の成長に安心したのか、任せっきりが増えてきた。とはいえ、いくつかの商いは、規模でも、また難度でも、儀助には依然無理だった。そのため、元右衛門はその都度長崎へやって来て、奔走することになるのであった。

元右衛門のそうした大商いが一段落し、酒を酌《く》み交わしている時だった。

「儀助、郭《くるわ》はもういいだろう。身を固めたらどうなんじゃ」

儀助はこの時、数えで二十九歳になっていた。江戸時代、男子の平均結婚年齢は地域によってまちまちで、十代というところもあれば、二十代後半のところもあった。それでも、二十九歳という年齢で独り身なのは確かにあまり多くなく、所帯を持つべき頃合いだった。

親友だった小四郎も、佐賀へ帰って祝言《しゅうげん》をあげたばかりであった。長崎を去る時、小四郎も儀助に意見した。

「おい、郭はやめえや。危ねえ病でももらったら、それきりだ。嫁取りせえや。もう落ち着いてもいいやろう」

みんな、同じことを言うんじゃな……儀助は酔った頭でぼんやり思うだけだった。

ところが、縁《えにし》とは恐ろしい。そんな儀助がその後間もなく所帯を持った。しかも、意外尽くしで、相手は日本人ではなかったし、大隈八太郎と大浦慶が縁結びの神様だった。

さて、その縁とはこうだった。

ある日、儀助は、商人仲間と酒を飲み、深夜、一人で家路についた。苦労を強いられた商いにようやくのことで目途がつき、その祝杯を兼ねていたので返杯《へんぱい》を幾度も繰り返し、すでにしたたか酔っていた。

千鳥足で夜道を行くが、夜も更け、人通りは絶えていた。危険に思うかもしれないが、幕末、長崎の治安は悪くはなかった。港の警備と海防は佐賀藩などが担ったが、市中の警備は地役人達（番方）の役目であった。地役人は武士ではなく町人だったが、帯刀を許され、市中に目を光らせた。

だが、暗がりにさしかかると、何やら様子が変だった。人影が、一《ひい》、二《ふう》、三《みい》、四《よお》……、六～七人はいたのだろうか。一人の男を取り囲み、声は低いが、ドスを利かせて脅しつけている雰囲気だった。酔ってはいたが、それを見て儀助はぴんと来た。物盗りだ。徒党を組んで道行く人から金品を奪う連中が出没していると話に聞いたが、こいつらか！

「お前ら、何じゃ！」

酔っているから、怖いもの知らずで一言怒鳴ると、男達の一団めがけてつっかかり……。

ふと目覚めると、障子に朝日がさしていた。頭をもたげて見回すと、見知らぬ部屋の中にいた。記憶を辿るが、覚えているのは、突進したところまで。そこから先がわからない。

「ここは、どこだ？　何でわしはここに寝とるんだ」

顔が何やら痛むので、両手でそっと撫《な》で回す。すると、顎《あご》のあたりが腫《は》れていた。血のような味がするので、舌で口の中を探ってみると、奥歯が一本かけていた。

「あいつらか！」

とは思ったが、状況がまるでわからない。布団から出てみると、寝間着姿になっていた。枕元には、昨日身に着けていた着物や足袋がきれいに畳んで置いてある。

何はともあれ起き上がり、障子を開けると庭だった。一面の芝。どこから引いてきたのか、透き通った水が水路を流れ、池へと注ぎ込んでいる。

「喉が渇いた……」

水だ。とにかく水を一杯だ。廊下へ出ると、竈《へっつい》にくべた薪だろう、木を燃《も》す匂いが漂ってきた。しめた！　厨《くりや》はあっちだ。厨へ行けば水がある。小走りでそちらへ向かっていくと、かすかだが女の声がする。女が歌っているようだ。耳を澄ますと、聞いたことのない不思議な節だし、日本語ではないようだ。

さらに近づき、引き戸越しに厨の中を覗き込む。すると、女が一人、菜切り包丁を手に持って、板の間で野菜を切っている。二十代前半ぐらいだろうか。束ねた髪は栗毛色、肌は白いが、仄《ほの》かに赤みがさしている。頰《ほお》には、そばかすもちらほらあるようだ。

「あのう……、水を一杯、もらえんか」

びくっとして儀助の顔を見つめる女……。目と目が合った。青い瞳が美しかった。

「あ、あんたは……」

次の瞬間、女は包丁を放り出し、儀助の脇をすり抜けて、どこかへ走り去ったのだった。

「あれは、えげれす人か、それとも、おろしゃの女子《おなご》じゃったんじゃろか」

儀助は混乱した。だいたい、自分が今どこにいるのかわからない。そのうえ、厨に紅毛人の、しかも若い女とは！　甕《かめ》から柄杓《ひしゃく》ですくった水を飲み干して、袖で口を拭《ぬぐ》っていると、

「儀助さん、起きたんか」

驚いて後ろを振り向くと、小柄な四十前後の女が一人、すぐ近くに立っている。

「あ、すみませぬ。水を一杯いただきました。はい、あのう、松尾儀助にございます。あのう、あなた様は……」

と言いながら、儀助ははっと気がついた。見覚えのある顔だったのだ。そうだ！　大浦慶だ！　市中で幾度かすれちがい、顔を見たことがあったのだ。

「あっ！　大浦慶様。すると、ここは大浦様のお屋敷で」

女は、茶目っ気たっぷりに、

「はいな。お慶にございます。酔いはさめたかな。あっちで茶でも淹《い》れましょう。唐茶も宇治茶もなかばってん、嬉野茶ならごまんとあるよ」

慶は、儀助が唐茶づくりに失敗し、宇治式製茶でも苦しんでいるのを知っていた。商売敵だったから、そのことをネタにして儀助をからかった。

慶に連れられ座敷に入ると、八太郎があぐらをかいて、どんぶり片手に朝飯だった。

「おう、儀助。何じゃ、まだ酔っぱらったような面《つら》をしておるな。お前のことだ。どうせ覚えておらんじゃろう。食い終わったら話してやるから、そこで、ちょっと待っておれ」

八太郎の話はこうだった。

昨晩、志士数人と慶の屋敷を目指していたら、誰かの怒鳴り声がする。駆けつけてみると、儀助が男達の一団ととっくみ合いになっていた。助太刀を、と思う間もなく儀助は殴り飛ばされた。

「きさまら！」

と叫ぶなり、八太郎達は抜き身を引っさげ、男達に向かっていった。

「あいつら、逃げ出しよったが、三人ほどひっ捕まえてな、袋叩きにしてくれた。連中は番方にくれてやったから、残党もすぐお縄になるじゃろう。それから、お前をここまで何とか引きずってきたのじゃが、お前、重くてかなわんな」

八太郎の話では、男達は匕首《あいくち》を隠し持っていた。もし、八太郎が通りかかっていなかったら……考えると、儀助はぞっとした。傍らで笑って聞いていた慶が言う。

「儀助さん、飯でも食わんか。あんたのために美味しいソップ（スープ）をつくらせた。深酒にはソップが一番だ」

言葉遣いは男のようだが、優しい気遣いが身に染みた。「頂戴します」と答えると、慶は厨に立っていき、膳を捧げ持ってきた。確かにソップの適度な塩気が、二日酔いの身には心地いい。

「大浦様、ところで、先ほど厨で……」

儀助が一言、そう言うと、慶の顔つきが険《けわ》しくなった。怖いほどの表情だった。

「儀助さん。いいかい、あの娘《こ》のことは見なかったことにしておくれ。理由は言わなくたってわかるだろ？」

「はい、仰《おお》せのとおりに……」

慶は、なぜ口外するなと厳命したか。開国後、欧米各国は領事館を開設し、開港場には外国人居留地が開かれた。だが、日本人の、それも商家の屋敷に外国人が住むということは憚《はばか》られていたにちがいない。しかも、儀助は後で知るのだが、彼女は開国前の長崎へオランダ船で密航してきて、そのまま隠れ住んでいた。国禁を犯したのは事実であって、用心には用心を重ねる必要があったのだ。

また、八太郎がなぜ慶の屋敷にいたかだが、慶は、大隈八太郎、松方正義《まつかたまさよし》（後、明治の首相）ら諸藩の志士に惜しげもなく大金を渡すなど後ろ盾になっていた。志士の身に危険が及べば屋敷や別邸の地下室に匿《かくま》うこともあったのだ。

慶はなかでも、土佐藩を脱藩した坂本龍馬率いる亀山社中（後の海援隊）の若者達を贔屓《ひいき》にし、骨身を惜しまず援助した。海援隊は、「脱藩ノ者、海外開拓ニ志アル者」の集まりで、貿易や海運などを業としながら倒幕運動に関わった。土佐出身者が中心だったが、紀伊の陸奥宗《むつむね》光《みつ》（後、明治の外務大臣）も海援隊の隊士であった。

なお、慶は風呂で志士達に背中を流させたとも言うのだが、この種の話はどうも怪しい。明治時代に政治講談を創始した、講談師伊藤痴遊《いとうちゆう》がでっち上げた逸話のようだ。だいたい痴遊は、慶応三年（一八六七）の幕末生まれで、彼の講談話は、伝説や噂話にすぎない部分も多かった。

「見なかったことにしておくれ……」油屋町の慶の屋敷を出た後も、頭から慶の言葉が離れない。それに、女の栗毛と青い瞳が瞬《まばた》きするたび目に浮かぶ。血筋であった。儀助の父儀八がスマと結ばれたのも、儀八が一目惚《ひとめぼ》れをしたからだった。この日、儀助も一目見て、青い瞳に恋をした。

翌日の夕方過ぎだった。儀助は慶の屋敷を訪ねていった。幸い、慶は在宅だった。儀助が右手にぶら下げていた礼の品らしきものを目にすると、

「何だい？　昨日のことは別に礼なんかいらないよ。儀助さんは、人助けしようとして、やられちまったろ。見上げたもんだと思ったからね。だから、面倒を見ただけなんだ」

ここで追い返されては後がない。

「召し上がってもらおうと、尾頭《おかしら》付きを持ってきた。わしが捌《さば》くから、厨を貸してくれんかな」

風呂敷包みから取り出したのは、めったに見ない見事な大きな鯛だった。

「大浦様、礼をせねば気が済まんで、わしにやらせてくれんかな」

蔭ノ尾島での飯炊き暮らしが役立った。これほどの大物は初めてだったが、魚ならだいたいは捌けるようになっていた。慶は、ちょっと逡巡《しゅんじゅん》したが、

「わかった。儀助さんに頼もうか。客が来ているが遠慮はいいよ。鯛を肴《さかな》に一緒に一杯やればいい。大隈様も後で顔を出すかもしれないし」

しめた！　と儀助はほくそ笑んだ。

昨晩、儀助は考えに考え抜いた。あの女に、一度でもいいから再会したい。だが、会わせろ

と言っても無駄だから、何かの手立てが必要だ。屋敷からは絶対出てこない。だとすると、こちらから屋敷の中に入り込むしかないわけだ。それも、厨だ。そこで女が来るのを待てばいい。だから、尾頭付き持参となったのであり、ずいぶんと苦しい理屈であったが、それしか思い浮かばず、しょうがない。

儀助は鯛を厨で舟盛りに仕立て上げた。刺身包丁で鯛を下ろすが、女が来るのが待ち遠しくて、気もそぞろになっていた。遠くから足音が聞こえてくると、手を止め、引き戸のほうへ目をやるが、入ってくるのは下女ばかり。それもそのはず、そばでは慶が見物中で、慶は女に出てくるなと言ったにちがいない。

「儀助さん、どうした？　落ち着かないね」

「いや、何でも。ちょっと慣れない場所なんで」

舟盛りを座敷へ運んでいくと、車座の男達が五〜六人、すでに酒盛りの最中だった。畳の上に舟盛りの大皿をどんと置く。すると、「おーっ」と歓声が湧き起こり、一人の男が、

「儀助さんだろ。さっき、お慶さんから名前は聞いた。無礼講じゃ。あんたも一杯飲んでいけ。ただ、わしらは名乗ることができんのじゃ。失礼するが、許されよ」

ここに集《つど》った連中は、訳ありだったようである。脱藩でもして、長崎へ流れてきたものか。ただ、気持ちのいい男達だったから、儀助も女のことはしばらく忘れ、鯛を肴《さかな》に酒をしこたま

飲んだのだった。

次の日の夕刻、儀助はまたも慶の屋敷の前に立つ。今度は、伊勢海老《えび》と鮑《あわび》であった。灘《なだ》の酒まで持ってきた。

「大浦様、今宵《こよい》も厨を……」

儀助が何を企《たくら》んでいるのか、慶はとっくに気づいていたし、慶でなくても誰の目にも明らかだった。だが、去る者は追わず、来たる者は拒《こば》まずが慶の信条だったから、しぶしぶ屋敷へ招き入れた。

その次の日の夕刻も、儀助は門の前に立つ。手を替え品を替えとはまさにこれ、伊勢海老と鮑の次は大鮃《おおびらめ》が一尾であった。呆れ顔の慶であったが、来たる者は拒まず、来たる者は拒まず……と、念仏のように唱えて儀助を入れた。

儀助は、次の日もまた次の日も、一日も欠かさず慶の屋敷に現れた。根比べの勝負であった。だが、惚れた強みで、儀助のほうが遥かに辛抱強かった。一方、慶は、次は何をぶら下げてくるのだろうか、いつネタが尽きるかと面白くもなっていた。笠子《かさご》、河豚《ふぐ》、鱸《すずき》、鮪《まぐろ》、鰹《かつお》……。さすがに河豚だけは板前に捌いてもらったが、魚類が尽きると、山鯨（猪《いのしし》）の牡丹《ぼたん》鍋、鴨の杉焼、桜肉（馬肉）の桜鍋なども間に入り、いくら長崎とはいえ、これほど豊富な食材がよく手に入ったものだと感心するが、金に飽《あ》かして遠くから取り寄せたものも多かった。

そして、二十日も過ぎた頃、先に白旗を上げたのは慶だった。

「わかった、わかった。儀助さん、さすがのわたしも根負けしたよ」

そう言うと、儀助を屋敷の奥へ導いた。そして、自ら障子を開けた。慶の肩越しに中を覗くと、あの女が書物を文机に置き、青い瞳を儀助に向けた。

「お入り。この娘《こ》の名前はリアさんだ。何人《なにじん》と思っていたか知らないが、パリス（パリ）生まれのフランス人だ」

美しい……。ランプに照らされ、陰翳《いんえい》に彩られた女の顔に、儀助は思わず息を呑む。

「儀助さんが御執心《ごしゅうしん》だってのは伝えてあるよ。リアに会いたい一心で、厨、厨とうるさくてしょうがないってね。この娘がうんと言うならば、たまに来て話せばいいさ。この娘が嫌だと言ったら終わりだよ。二度とここへは来るんじゃないよ」

慶が言うには、あの夜、儀助を介抱したのはリアだった。顔にこびりついていた砂と血をきれいに拭き取って、濡れ手拭いで腫れた頰を冷やしたり、寝間着に着替えさせたりしたのもリアであり、ソップも彼女が調理した。

「そんなこと、リアにはやらせたくはないんだよ。顔でも見られたら難儀だからさ。でも、あの日は、グラバー様のお屋敷でえげれすの祭りがあるっていうからさ。下女や下男は手伝いに行かせていたんだよ。そこへあんただ。私は大隈様達と話があったから、リアに介抱させたんだ。儀助さんは潰《つぶ》れていたから、見られる心配もなかったし。そうしたら、次の朝、厨であんたら二人が出くわして、あんたはあんたで俄《にわか》板前職人だ」

英国の貿易商グラバーは、長崎でグラバー商会を設立し、初めは主に日本茶の輸出を手がけたが、後には艦船や武器を売るようになり、長崎一の貿易商になっていた。慶は言う。

「儀助さんは野中様の弟分だろ。野中様がお認めになった男なら間違いないと思ったさ。だから、会わせることにしたんだよ。それに、この娘も悪い気はしてないようだから……。さて、あんたら二人で話せばいいさ。私は後でまた来るからさ」

「あ、でも、わしは言葉が……」

「大丈夫。リアは日本の言葉が話せるよ」

「リアさんは、どうして長崎へ」

「それは本人からお聞きなさいな。可哀相に、この娘も苦労をしてるんだ……」

その時、リアが初めて口を開いた。

「儀助さん、心配、いらない。私、話す。聞く、のも、みんなわかります」

そして、文机の上の巻紙にペンでもってLiaと書く。

「リア、です。私の、名前です」

それから儀助は、夕刻になると慶の屋敷に上がり込み、リアと一時《いっとき》(二時間)ばかり話し込んでは帰っていく毎日だった。

それにしても、リアはなぜ長崎へ、しかも、なぜ慶の屋敷で匿《かくま》われていたのだろうか。彼女の話す生い立ちは、儀助には想像を絶するものだった。

リアが言うには、彼女が二歳の頃だった。パリスの街で prolétariat《プロレタリアート》とかいう人々が一揆を起こし、bourgeois《ブルジョア》とかいう連中をやっつけて、フランス国王を追い出した。プロレタリアートというのは職人のような貧乏人で、ブルジョアというのは地主とか商人、金貸し、職人の親方などという金持ち連中のことだった。

「国王と言ったら、将軍様か天子様。職人が将軍様や天子様を追い出したんか!」

無理もないが、江戸時代の日本にあっては理解のできない話であった。

国王を追い出した後、パリスでは職人が再び一揆を起こしたが、今度は国の軍隊が職人達を攻撃し、何千人という人達が島流しにされたり殺された。リアの父親は軍人だったが、貧乏人の味方であったから、捕まれば命がなさそうだった。そこで、妻と一人娘のリアを連れ、命からがら国を出た。その後は、マニラや厦門《アモイ》、上海などを渡り歩いて、貿易業で生計を立ててきたという。

ところが、上海滞在中に母親がコロリ(コレラ)に罹《かか》って亡くなった。さらには、父親も何か大きな争い事に巻き込まれ、身の危険を感じたようだ。娘を案じた父親は、彼女をパリスの親類へ送り返そうと考えた。幸い、上海に寄港していたオランダ船の船長が父親と旧知の間柄であったから、彼に大枚を手渡して、娘をパリスまで送り届けるよう依頼した。

オランダ船は、上海を出港後、一度長崎に寄港してから欧州へ向かうことになっていた。長崎へ入港しても、彼女は船内に留まって、息を潜《ひそ》めて出港を待つ手筈であったのだ。

ところが、長崎に停泊中にリアが突然高熱を出し、命も危ぶまれるほどだった。困ったのは船長だ。船の中ではまともな看護もできないし、出島へ移せば長崎奉行が黙っていまい。

そこで一計をめぐらしたのが、商館長《カピタン》クルティウスであったのだ。クルティウスは、大浦慶の気性をよく知っていた。俠気に富む慶ならば、リアを引き取り、面倒も見てくれるにちがいない。実際、商館員が慶に助けを求めると、一も二もなく引き受けた。後は、オランダ船から慶の屋敷へリアを運んでいくだけだった。これは、魚心あれば水心、手立てはいくらでもあったのだ。

その後、オランダ船はリアの回復を待たずに出港し、リアはそのまま慶の屋敷に隠れ住むことになったのだ。屋敷から出られぬ生活は、普通だったら耐えられないし、匿うほうも大変だった。だが、慶には、開国近しとの確信があり、いつまでもこのままのはずはない。それを聞き、リアも安心できたし、慶の俠気も揺るがなかった。

ところで、パリスの一揆とは、一八四八年のパリ二月革命と六月蜂起のことだろう。マルクスは六月蜂起を、プロレタリアートとブルジョアジーの初の「階級的大戦闘」と見なしたが、日本には「労働者」とか「工場労働者」という言葉すらない時であり、儀助にはさぞわかりにくかったことだろう。

二人の話は尽きなかった。互いの生い立ちから始まって、リアが記憶に留める上海の街の様子や、おろしゃの兵に太刀を取られた儀助の恐怖……。そうして、いったい何日、何十日が過ぎただろうか。ある晩、慶の面前で、居住まいを正して畏《かしこ》まる二人の姿があったのだった。

「大浦様……」

儀助が切り出す。だが、機先を制して慶が言う。

「やっとかい。いつ言い出すか、待っていた。そういうことだろ？　リアもそれでいいんだね」

「はい……」

「で、野中様は？」

「笑うています。お前には過ぎた女《ひと》かもしれん、とも」

「わかった。私も厄介払いができていい。ちょっと待ってな。海援隊のやつらに食わす馳走があったはず。祝いの宴を開こうや」

夫婦《めおと》とも、娶《めと》るとも言わないうちに、話が全部済んでいた。

三日後の夜、リアは元右衛門の別邸に移るため、慣れ親しんだ慶の屋敷を後にした。今の言葉で言うならば、密入国者、不法滞在者であったから、今しばらくは身を隠す必要があったのだ。解き放たれて自由を満喫できるのは、明治に入ってからであり、後二～三年の辛抱だったが、この時はまだわからなかった。

明治四年（一八七一）、戸籍法（太政官布告《だじょうかん》）が制定されると、どさくさに紛れて戸籍の上ではリアを日本人に仕立て上げ、その時ついでにリアを日本風に改めリヤとした。

なぜ、日本人にしたかだが、明治になっても国際結婚は厄介だった。明治六年（一八七三）の太政官布告には、「日本人外国人ト婚姻セントスル者ハ日本政府ノ允許《いんきょ》ヲ受クヘシ」などとなっていて、手続きの中で密入国が蒸し返されたら面倒だ。

ちなみに、夫婦の次男一郎や、孫の田川雄助などは、リアの血を引き、欧米人と見まがうばかりの顔立ちだった。そのため、雄助は、少年時代の第一次世界大戦中、「ロシア人だ」といじめを受けたこともあり、後々までこぼしたものだった。だが、雄助は、祖母がフランス人だったとは知らぬまま、昭和五十七年（一九八二）、この世を去った。

第七章　元右衛門、パリに死す

慶応三年（一八六七）、パリ、オテル・デュ・ルーヴル第二次長州征伐があり、大隈八太郎が九州米を大坂へ運ぶ奇策を練ったのは、慶応二年（一八六六）のことだった。

その翌年の慶応三年五月十二日（一八六七年六月十四日）、元右衛門がパリで客死する。享年五十六歳だった。二十余年の長きにわたり、儀助の親代わりであり商いの師をも務めた元右衛門が、なぜ日本から遠く離れたパリの地で他界する羽目になったのか。事のいきさつはこうである。

慶応元年（一八六五）、十名からなる幕府使節団が渡仏する。外国方支配向役人らを率いて渡仏したのは、理事官を名乗った外国奉行の柴田日向守剛中《ひゅうがのかみたけなか》で、福地源一郎が通弁（通訳）だった。当時、幕府は、フランスから二百四十万ドル借り入れて、横須賀に製鉄所（後の造船所、横須賀工廠）を建設しているところであった。遣仏使節の目的は、製鉄所のモデルとされたトゥーロン船廠の見分や、必要な機械類の購入、技師、熟練職工の確保などだった。

使節は翌年、日本へ帰るが、滞仏中にパリ万国博覧会への参加を求める打診があった。また、駐日フランス公使ロッシュからの働きかけもあったため、幕府は、諸藩に出展を要請したのだが、応じてきたのは佐賀、薩摩の両藩だけで、佐賀藩は、磁器、白蠟などの出品を決め、佐野栄寿左衛門（常民）が、元右衛門および深川長右衛門の両名と渡仏することになったのだ。長右衛門も商人で、『鍋島直正公伝』によるならば、

深川長右衛門は、外貌遅鈍《ちどん》なるが如《ごと》きも内に詳審《しょうしん》機敏なる商才を具し、因《よっ》て用達商弥富元右衛門に後援せられて長崎に雑貨貿易を始めたり。弥富は諸富津《もろどみつ》に拠りて久留米と米の糶糴《ちょうてき》（売買。引用者注）を競ひ、他の貨物を吐納《とのう》（出し入れすること。同前）して大河口の利権を占めたる一方の雄鎮たり。

諸富津は、筑後川河口近くの港であって、米の積み出しなど舟運で栄えたところであった。栄寿左衛門以下三名の渡仏はすんなり決まったようである。だが、前藩主閑叟《かんそう》（直正。文久元年＝一八六一年に隠居。家督を次男直大に譲り、閑叟と号す）は、英学に通じ、学問、文才のある藩士二名を同行させよと命を出す。欧州の政治、経済、文化などを視察して、それを文にまとめさせ、世に広めるつもりであったのだ。

問題は誰に行かせるかという人選で、蘭学寮と致遠館で教鞭をとっていた小出千之助が候補になった。だが、千之助の留守中、代わりを務める教師がいない。そこで、今度は大隈八太郎

の名が挙がり、栄寿左衛門がしきりに八太郎を勧誘し、副島二郎（種臣）も彼を推薦した結果、一度は決定したという。

だが、結局、八太郎は渡仏しなかった。理由は、いくつか伝わっていて、一つは、八太郎が渡仏を断った、固辞したとする説である。『大隈侯八十五年史』によるならば、

今日の様な形勢では、いつ群雄割拠の時がくるかもしれぬ。同時にそれに乗じて、欧米の強国がどんな態度に出でわが国につけ込んでくるかも知れぬ。今は正に国家重大の危局である。自分はかうした国状を後に見て、外国で悠々月日を送つてゐるわけにゆかない。

と言ったそうである。要するに、内患外憂のこの時期に、日本を留守にはできないと、大見得を切ったわけである。もう一つの説は、閑叟が行かせなかったというもので、『鍋島直正公伝』に、次のように書いてある。

此時《このとき》大隈が受命せざりし事由《じゆう》については、本人の言には、佐野と共に行くを欲せざりしとのことなれども、或説《あるせつ》には、公（閑叟。引用者注）が大隈は文筆の人にあらず、彼は国に在《あ》りて別に驥足《きそく》を展《の》ぶる地あるべしと仰《おお》せありしため、遂に沙汰止《さたやみ》となりたるなりとい

ふ、是《これ》が或《あるい》は真説ならん。

「驥足を展ぶる」とは、才能を存分に現すことで、要するに、八太郎は文筆には不向きであるから、日本で働かせていたほうが才能を現すかもしれないと、閑叟は判断したのであった。

二つの説のどちらが正しいのかはわからない。だが、栄寿左衛門はパリに渡ったことにより、八太郎はパリへ渡らなかったことにより、儀助に対して負い目を持ったにちがいない。それについては後述しよう。

さて、結局のところ、渡仏したのは、佐野栄寿左衛門、野中元右衛門、深川長右衛門、小出千之助に、従者の藤山文一を加えた五名であった。このほか、脱藩して英国にいた石丸虎五郎と馬渡八郎の両名も、通弁兼案内人としてパリに呼び寄せた。

開国したとはいうものの、元右衛門は、よもや自分が欧州へ渡ることになろうとは夢にも思わなかったにちがいない。五十六歳になっていたから、家人は体を気遣って、渡仏に反対したという。一方、儀助は、笑みを浮かべて、

「お気をつけて。お帰りを心待ちに……」

とだけ言って見送った。案じてなどはいなかった。それはそうである。商人にとってみるな

らば、盆と正月（名誉と好機）が一遍に来たようなものだった。それに、内心では羨ましくてしょうがなく、自分が行きたいぐらいであった。

慶応三年三月八日（一八六七年四月十二日）、一行は英国の郵船で、長崎から最初の目的地香港へ向け旅立った。そして、

同十四日、香港島着。

同二十四日、仏商船に乗り換え香港出港。

同二十八日、サイゴン入港。

同二十九日、サイゴン出港。

四月二日、シンガポール入港。

同四日、シンガポール出港。

同十日、セイロン島ゴール（コーッテ、現スリ・ジャヤワルダナプラ・コーッテか）入港。

……といった具合で、長い船旅が続くのである。

この後、さらに、アラビア半島南端のアダン（アデン）を経て、スエズに上陸。ここからは陸路であって、汽車でまずカイロを目指し、港湾都市アレクサンドリアへ到着すると、休む間もなく船だった。

それから、イタリアのメッシナを経て、ようやくフランス南部のマルセイユに入港するのだ

が、マルセイユ到着は五月五日であったから、ここまででほぼ丸二か月かかったことになる。ここからパリへは、当然のことながら陸路であった。

こうしてみると、当時の欧州渡航がいかな長旅だったかよくわかる。スエズ運河の開通は、二年後の一八六九年で、元右衛門達佐賀の一行は、紅海からいったん陸路を通り、地中海のアレクサンドリアへ出るという余分な苦労もあったのだ。

ただし、元右衛門の残した手記（仏国行路記）によるなら、恵まれてもいた旅だった。例えば、一行には駐日フランス領事が同行し、「（三月）十六日　てけ《天気》よし。今日はつかれをやしなふ。夕つ方、古里への文《ふみ》などした丶めて、（フランス領事）ゴルトへやる。よき船便あるよしなり」などとあるように、寄港地ではホテルに泊まり、佐賀へ手紙も出している。生まれて初めてピアノの音色を耳にして、興が湧いたのか、日誌に次のように書き記し、歌も一首付けている。

こよひ《今宵》我等の旅魂をなぐさむとて、種々の酒、菓子よふ《様》のものいだ《出》して、ビヤナ《ピアノ》といふものをひけり。こは琴のたぐ《類》ひにして八十五《やそ》筋《いつすじ》あり

かきならす八十五筋の琴の音も
　人の心をひくにぞ有《あり》ける

だが、南方の暑さは耐えがたかった。三月二十八日、サイゴンに入港した日の日記には、「同日夕刻部屋91甲板100.5」とある。数字は華氏《かし》であり、摂氏《せっし》に直すと、部屋三十二・八度、甲板三十八度であった。また、湿度も高く、蒸し暑かった。また、四月二十四日、紅海の暑さは格別だったか、

太陽直下炎熱凌《しのぎ》がたきをかり、十字比《十時頃》、甲板上日覆《ひおおい》の上にポンプを以《もっ》て海水をそゝぎ懸《かけ》しかば、少し涼気を覚ゆ。誠にいたれりつくせり。二字比《二時頃》、又々ポンプを以て水をそゝぐ。

とあるように、海水で涼をとっている。

暑さ以外も、海が荒れれば船酔いもする。四月十二日の日記には、「けふ《今日》も波風はげしく船にゑ《酔》ゝりて心地《ここち》甚《いと》あし。きのふ《昨日》より印度《インド》海なればなるべし」とあり、辛さが伝わってくるかのようだ。

元右衛門の老いた肉体は、慣れない長途の船旅により、蝕《むしば》まれていったにちがいない。「野中古水伝」は、元右衛門急死の状況を次のように書いている。元右衛門が息を引き取ったHôtel du Louvre（オテル・デュ・ルーヴル）はその名の通り、セーヌ川右岸、ルーヴル美術館

のすぐ北側に建っている。美術館へ行くには、ホテルを出て左へ歩けば、ものの五分とかからない。

五十数日の航海をつゞけて、五月五日マルセーユに上陸した彼は、同月九日まで同地のホテル・デ・ユニヴルに投宿してゐたが、十二日巴里《パリ》のホテル・デ・ルーヴル（五階造り、六百室あり、婢僕五百余人を使用し、旅客千人以上を収容す（福澤諭吉西航記））に到着、間もなく急病に襲はれて、郷土の歌友たちの「こぎいでゝ千里の浪路行く者は神にいのりをかけてまたまし」の真ごゝろも空《むな》しく、同夕刻彼の地に客死した。

惜しまれるのは、その没年だった。翌年には明治に改元される。元右衛門は、新たな時代の到来が手の届くところにあったのに、それを待たずに逝《い》ったのだ。大政奉還、王政復古の大号令も知ることなくあの世へ旅立った。

亡骸《なきがら》は翌日、パリ北東部、ペール・ラシェーズ墓地に埋葬された。緑に覆われたこの墓地は、十九世紀初頭の造成で、バルザック、ショパン、ドラクロアなど有名人の墓が多くある。

見送ったのは、栄寿左衛門ら佐賀の人々と、元右衛門らと同じ船でパリへ渡った久留米藩士柘植善吾《つげぜんご》、岡山藩士花房義質《はなぶさよしもと》、そして、仏人、米国人、蘭人が九名ばかり、全部で十五人に満たない人数だった。「商人の先駆となりて代品方に活動したるは、用達商野中元右衛門をその巨擘とす」（鍋島直正公伝）とまで言われた大政商の葬儀にしては、いかにも寂しいものだった。

なお、佐賀藩は、元右衛門客死の急報を程なくして受けたにちがいない。だが、その死は伏せられ、家人達にも伝えられないままだった。

元右衛門の死後、佐野栄寿左衛門は、パリ万博の会期中だった七月にオランダで軍艦の建造を発注し（日進丸。明治三年、日本へ回航）、翌慶応四年（一八六八）、フランス皇太子に拝謁後、英国にまで足を伸ばした。彼が維新を知ったのは、英国に滞在している時だった。そこで、急遽、オランダを経て帰国の途に就き、長崎に帰り着いたのは同年閏《うるう》四月（一八六八年五月）であった。

ところが、栄寿左衛門が戻ってからも、元右衛門の家人らは相変わらず蚊帳《かや》の外だった。ようやくその死を知らされたのは、しばらく経ってかららしい。そのため、佐賀での葬儀は死後一年余りを過ぎてから営まれたそうである（野中古水伝）。

なぜ、元右衛門の客死を一年余りも伏せておく必要があったのか。「野中古水伝」は、

> 元右衛門の死を、秘密にしたのは、故意に秘密と云ふわけではなく、家人の制するのを、無理に巴里《パリ》へ誘ふたゝめ、その自責から気おくれして、一行は沈黙をつゞけてゐたのではないかと考へられる。

と見ており、確かに自責の念はあったろう。栄寿左衛門は元右衛門より十歳若い。渡仏は、栄寿左衛門には朝飯前でも、元右衛門にはきつすぎた。

しかし、気後れだけで一年余りも沈黙しつづけるものなのか。そうではなかろう。元右衛門は政商として藩財政の要《かなめ》であったのだ。元右衛門逝去の報が広まると、藩にまで損失の及ぶ恐れがあった。父武田信玄の喪を勝頼が三年間隠しつづけた話を思い出す。それほど大げさなものではないにせよ、一時的な信用不安や取引の停滞などの何かしらのリスクがあったのだ。

だが、儀助は栄寿左衛門が戻る前、慶応三年秋には師の客死を知っていた。伝えたのは、八太郎。使いの者がやって来て、八太郎が大浦慶の別邸で儀助を待っているという。新たな商いの話だろうか、あるいは、よもやとは思うが、主人元右衛門の身に変事があったか……。

座敷には、八太郎と慶の姿があった。儀助が入ると、八太郎は慶に目配《めくば》せし、慶は心得たとばかりに中座した。二人っきりの座敷の中で、八太郎は声をひそめて言うのであった。

「実はな、儀助……。藩に宛てた佐野様からの書状によると、野中殿がパリスで他界めされた。五月十二日のことじゃった」

儀助は耳を疑った。遠い異国でのこと、病に倒れたというならまだわかる。だが、死んだとは、いくら何でも唐突すぎる。しかも、五月十二日ということは、長崎を出港してから、たった六十数日しか経っていない。

「パリスに着いたその日であった。佐野様は、船での長旅が祟《たた》ってのことと申されておる。亡骸は、パリスのヘーラセース（ペール・ラシェーズ）という墓所へ葬《ほうむ》った。儀助、許せよ。藩命とはいえ、野中殿にはまことに申し訳ないことをした。お前にも、すまぬと思うとる。無二の主《あるじ》を奪ってもうた。わしがもしパリスへ行っておったなら、お助けできたかもしれんしな」

それから八太郎は、元右衛門客死は秘密であること、また、その理由などを手短に話した上で、

「だが、お前にだけは言うておかねばと思うてな。お前も今では野中殿の番頭格じゃ。のちのち急に、主人他界を知らされたところで、商いに差し支えがあるじゃろう。儀助、今から備えておくんじゃな。野中殿客死のことは、佐野様が帰藩されれば、すぐに知れ渡るじゃろうから」

それだけ言うと、八太郎は、気を取り直したかのように声を張り上げ、

「さあ、わしは明朝、えげれすの船に乗り込んで、神戸でひとまず下船する。それから京の都を目指すんじゃ。儀助、よく聞け。間もなく天下はひっくり返る。野中殿の話はここまでじゃ。お慶殿、酒じゃ、酒じゃ。都へ上るわしへの餞別《せんべつ》代わりに酒を出せ！」

慶は座敷へ戻ると、呆れきった様子で、

「大隈様、またですか。聞いとりますよ。この春、副島様と脱藩の上、京へお行きになったと

か。しかも、京では藩の留守居役に見つかって、あわや切腹だったとか。なのに、また懲《こ》りずに京ですか」

八太郎は、この時、時局に乗り遅れまいと、英国船で神戸に至り、神戸から京都へ向かうつもりであったのだ。ところが、実際は、英国船が神戸を素通りしてしまい、着いた先は横浜だった。攘夷派への厳戒態勢が敷かれた中を、横浜から何とか江戸まで行くが、そうやってぐずぐずしている間にも天下の趨勢は決してしまう。大政奉還を経て、王政復古の大号令が発せられ、徳川幕府の命運はここに尽きたと言っていい。結局のところ、八太郎はまたも時局に乗り遅れ、切歯扼腕《せっしやくわん》するのであった。

それはともかく、この日、儀助は、慶からいくら酒をつがれても、ほろ酔いですら遠かった。儀助の表情が硬いので、事情を知らない慶が、

「儀助さん、どうした?」

と尋ねるが、軽く首を横に振り、お茶を濁すだけだった。

そして、遅くに元右衛門の別邸へ帰ってくると、途端に涙が溢れ出て、男泣きするのであった。何事かとリアが起き出して、おろおろしながら、慶と同様、「どうしたの?」と聞くのだが、嗚咽《おえつ》ばかりで、理由がさっぱりわからない。リアはそっと湯呑みを差し出して、儀助の脇に控えている。

ようやく落ち着いてきた儀助の話は、リアにも信じがたかった。野中様が他界した、しかも、わたしが生まれたパリの街で……。不思議な巡り合わせであった。

そうこうするうち東の空が白んできた。儀助は西の方《かた》、パリの方角に手を合わせ、顔を伏せたまま動かなかった。リアも、夫にならって手を合わせ、囁くような小さな声で聖書の一節を呟いている。

この時、儀助は、すでに数えで三十一になっていた。年齢を考えると、商人として独り立ちしていておかしくはない。だが、利権が複雑に絡み合う長崎という土地柄のせいもあり、元右衛門という巨大な存在に守られながら、幾多の難事をどうにか乗り切ってきたのが本当のところであったろう。

だが、その元右衛門はもういない。名実ともに独り立ちすべき時がやって来た。そのことを儀助自身も痛感せざるを得なかった。

傍《かたわ》らに目をやると、リアが目を閉じ、頭《こうべ》を垂れて、何かを祈っているようだった。元右衛門のことがあったので、上海の父親のことを思い出し、その無事を祈っているのだろうか。彼女の父は、儀助も八方手を尽くし、安否を調べているのだが、杳《よう》として消息が知れないままだった。このリアを守りつづけていくことも、儀助の使命となっていた。

儀助は思った。

「元右衛門様。儀助、たった今、お誓いします。さすがは野中様の番頭と言われるように、商いに精進いたします。そして、元右衛門様と肩を並べる大商人になることが何よりの恩返しと心得て、命を賭して励みます。リアが生まれ、元右衛門様が眠るパリスにも、必ずやお店《たな》を構えてみせましょう。異国で一人眠るのは、さぞ寂しかろうと思います。お待ち下され。儀助、必ずやパリスへ参ります！」

ところで、長崎での儀助の商いは、「松尾儀助君伝」には「失敗」とある。

其後《そののち》明治三年に至るまで此業《しぎょう》に従事し、遂に大《おおい》に失敗を招き、二万余両の損害を蒙《こう》むりし……

「明治三年」とあるが、「明治二年」の誤りである。「此業」とは茶業のことで、二万余両の損害は、今の貨幣価値に換算すると、五千万円ぐらいになるのだろうか。

これだけ見ると、儀助の商才が疑われようが、実はそうでもなかったようだ。子孫に伝わる話の一つに、

「儀助の長崎の邸宅は、外国商人を喜ばすため、巨大な座敷に生け簀《いす》をこしらえ、錦鯉を泳が

せていた」

というものがあり、羽振りのよさがよくわかる。

屋内に生け簀と言うと、荒唐無稽《こうとうむけい》に思えるが、当時にあっては十分にあり得たことだった。例えば、幕末、開港後の横浜で莫大な財をなした生糸商中居屋重兵衛の中居屋は、銅葺《ぶ》き屋根であったので「あかがね御殿」の名があった。しかも、「中庭を金網で囲い小鳥を放ち、壁の内側にガラス張りの水槽を埋め込んで金魚を泳がせていた」（平成二十一年六月十六日「朝日新聞」神奈川版）。それがあまりにも贅沢過ぎたため、怒った幕府の手によって店は閉店に追い込まれ、支配人は入牢の処罰を受けたという。だが、開港地ではこのように、外国人の歓心を買うために、座敷に生け簀をつくったり、壁に水槽を埋め込んだりすることなどは珍しくなかったにちがいない。

また、『鍋島直正公伝』も、茶業の失敗に触れた後、儀助の「闊大《かつだい》なる器量は此《ここ》に露《あら》はされ、識者の属目《しょくもく》を牽《ひ》きたり」と、手放しの賛辞を書いている。元右衛門には及ばぬものの、長崎商界の一角に地歩を固めつつあったのだ。

とはいえ、長崎における茶の商いは、大浦慶という先駆者が市場に君臨していたために、残されたわずかなパイの争奪戦でもあったろう。参入やら撤退が相次いで、栄枯盛衰が極端だった。茶葉に他の植物の葉を混入させる不届き者もいたにちがいない。そうなれば、信用失墜につながって、とばっちりもあったろう。

また、明治に入ると、さしもの大浦慶ですら商いは右肩下がりになっていく。幕末以来、多くの港が開港し、貿易における長崎の地位の低下が否《いな》めなかった。そして、横浜などの新興港に貿易の中心が移っていった。

儀助にも、長崎の地位の低下は痛かった。明治二年（一八六九）、儀助は長崎を去り、東京へ出る。一言で言えば潮時だった。長崎という古い商港に見切りをつけて、新天地を目指した東上だった。


なお、元右衛門にとり唯一幸いだったと言えるのは、パリ万博での醜い鍔迫《つばぜ》り合いを見なくて済んだことだろう。

つまり、この万博で幕府は「日本大君《たいくん》政府」を名乗ったが、薩摩藩は「日本薩摩琉球国太守政府」として独自に出展し、「薩摩琉球国勲章」なるものまで持ち込んだ。薩摩藩の存在を列強に印象づけるため、あたかも独立国のように振る舞ってみせたわけであり、幕府の抗議は無視された。

この前年、長州と薩長同盟を結んだ薩摩は、倒幕路線を突き進み、幕府とは相容れなくなっていた。そうした国内情勢がそのまま反映されたのであり、元右衛門が見たら、はたしてどう思ったろうか。

前佐賀藩主閑叟は、倒幕路線には反対だった。元右衛門もおそらくは眉をひそめたことだろう。

佐野栄寿左衛門は、欧州から戻ると儀助を訪ねて手をついた。そして、何か言おうとしたのだが、儀助はそれを遮《さえぎ》って、

「よろしいのです」

とだけ一言、言った。元右衛門にも野心があったから、あえてパリまで行ったのであり、誰も悪くはなかったし、責める気持ちもなかったからだ。

ただ、パリに残された師を思い、早く行ってあげねばと思いつづけるだけだった。

第八章　商人の矜恃

明治三年（一八七〇）、南部盛岡

明治二年（一八六九）、儀助は長崎を離れて東京に出た。江戸は明治元年（一八六八）、東京と改称されていた。

東京でも儀助は茶商を名乗り、横浜で盛んになっていた緑茶輸出に食い込むことが東京へ出てきた目的だった。

横浜の開港場では、緑茶が生糸《きいと》に次ぐ重要輸出品目となっていて、明治四十年代に清水港に抜かれるまでは、緑茶の輸出量では全国一の座にあった。その陰には、「茶聖」の名を持つ大谷嘉兵衛の並々ならぬ努力があった。嘉兵衛は、元々はスミス・ベーカー商会の製茶買入方だった。その後、独立して売込商として活躍し、緑茶の品質向上や輸出振興に尽力した人である（横浜商業会議所会頭、貴族院議員なども歴任）。斜陽の長崎とは異なって、横浜には日の出の勢いがある。儀助はここで活路を開こうと考えた。

だが、勇んで上京したものの、茶業はしばし休業し、東京の開成学校で英語を学ぶことになったのだった。この学校は、幕府が開いた開成所（開成所の前身は洋学所および蕃書調所《ばんしょしらべしょ》）を明治新政府が引き継いで、開成学校と名づけたもので、現在の東京大学の源流の一つになっている。

開成学校への入校は、大隈重信の勧めがあった。明治元年（一八六八）、耶蘇《ヤソ》教徒（キリスト教徒）処分問題で一躍名を上げた重信は、この一件が「予《よ》をして明治政府に一地位を占むるを得しめた」と自分でも述べているように（大隈重信）、とんとん拍子に出世して、翌明治二年に大蔵大輔《たいふ》になっていた。

なお、耶蘇教徒処分問題は、キリシタン禁制をめぐる外交問題の一つであった。すなわち、キリシタン禁制は明治になっても続いていたから、明治政府は、慶応三年（一八六七）、肥前浦上で捕まった隠れキリシタン三千数百人を各地へ配流するという厳しい処分を打ち出した。これに対して外国公使が激しく抗議し、処分の撤回を求めてきたが、英国公使パークスと直《じか》に渡り合ったのが重信だった。

パークスは、「文明諸国ではいずれも皆信仰の自由を承認している。しかるに、日本では無《む》辜《こ》の民を罰する法律を存するのは、最も秩序なき野蛮国においても、尚《な》お為《な》すを恥とするところ」「耶蘇教は今日文明諸国の尽《ことごと》く信奉するところである」「若《も》し予《よ》の言を聞かずば、予は断言する、日本国は必ず滅亡する」と激しくなじった。

これに対して重信は、パークスらの要求は内政干渉だと突っぱねて、耶蘇教徒処分を断行させた。この時の堂々たる交渉態度が評価され、政府の中で重用されていたのであった。

パークスは、ある意味、札付きの外交官であったのだ。中国（清国）の広東領事だった時、中国兵が中国船アロー号の英国国旗を引きずり下ろし、中国人船員を海賊容疑で逮捕したアロー号問題が起きている。中国側の行動は正当かつ合法的なものだった。ところが、パークスらは無理やり「事件」に仕立て上げ、本国に開戦を促した（第二次アヘン戦争。この戦役中に、英仏連合軍が北京北西の円明園で徹底的な略奪、破壊行為を行った）。当時は両国間の条約改正問題が暗礁に乗り上げていた時期であり、パークスはこの問題を戦争で一挙に打開しようとしたのであった。

ただ、耶蘇教徒の処分に対するパークスの主張には一理ある。重信も、耶蘇教徒弾圧は本意でなかったにちがいない。だが、国法を無視した列強による無理難題やごり押しは何としても斥《しりぞ》けなければ、国家としての面子が立たぬ。耶蘇教徒処分問題は、そうした面も持っていた。

さて、大隈重信は、しきりに儀助に英語を身につけろと言うのであった。自分もかつて長崎でフルベッキから英語を学んだ。それが今になりどれだけ役に立っていることか。これからは商人も英語の時代と繰り返す。言うだけだったら、うるさいだけの話であったが（英語と言っても学べるところはわずかであった）、重信はどこでどう話をつけたのか、開校が予定されていた開成学校への入校許可まで取りつけてきて、その上で、英語、英語と言うのであった。

重信がそこまで熱心だったのは、一つには、元右衛門の一件がいまだ負い目になっていて、借りを返すとの思いがあった。もう一つには、儀助の商才を買っていた。儀助であれば、輸出によって正貨（金貨、金地金）を稼ぎ、日本を潤《うるお》すことだろう。正貨獲得は、金本位制への移行と関わっていて、明治政府の悲願となっていくのだが、政治家としての重信はそこまで熟慮し、儀助に英語を習得させた。

　ところで、結局のところ、儀助は英語ができたか、できなかったか。古い資料を見てみると、混乱があったようである。例えば、儀助の没後に発行された「読売新聞」明治三十五年（一九〇二）一月十八日付朝刊は、「嗚呼《ああ》松尾儀助氏（一）　我邦《わがくに》海外貿易の率先者」という追悼記事の中で、「長じて江戸に来りて、開成学校に入《い》り、英語を修む」と書いている。

　ところが、その続きが「嗚呼松尾儀助氏（二）」として翌日の朝刊に載っており、そこでは、

　　氏等《しら》ハ七十余人の日本隊を形《かたちづく》り、仏国郵船ナギナタ号に搭じて渡墺したるが、此内《このうち》洋語に通じたるハ平山成信、山崎直胤《なおたね》の二氏のみ、他ハ皆片言隻語《へんげんせきご》も解する能《あた》はざるの唖《おし》にして、松尾氏の如《ごと》きハ数々市街に出でて迷子になりしことあり。

とあるように、洋語知らずとなっている。矛盾も甚だしいのだが、実はどちらも正解だった。儀助は確かに、開成学校に行くには行った。だが、商機を求めて鵜《う》の目鷹《たか》の目の毎日で、勉強

にはいまいち集中できず、英語は習得したものの、こみいった複雑なやりとりは苦手としていたようである。

とにかく商機がありさえすれば、いつでも乗り出す構えであった。なぜなら、儀助はこの頃すでに根っからの商人《あきんど》だったから……。リアと幼い娘二人（長女繁子、次女錦子）は、大浦慶が預かって、面倒を見てくれていた。おかげで身軽であったので、後は商機を待つだけだった。

そうして、何かないかと目配りしていた矢先であった。横浜の高島嘉右衛門《かえもん》が儀助のところへ使いを寄越し、耳寄りな話があるのだが、手伝わないかと言うのであった。話によると、何でも東北の南部藩では大凶作で、餓死者が出そうな惨状という。そこで、米を船で運んでいけば、南部藩も助かるし、こちらも儲かるというのであった。

「その話、乗った！」

儀助は、膝を叩いて言うのであった。

高島嘉右衛門と聞いても、ぴんと来ないかもしれないが、嘉右衛門は、鉄道を敷設するために、横浜の海（袖ヶ浦）を埋め立てた。その埋め立て地が現在の横浜高島町で、嘉右衛門の姓をとっている。そのほか、道路の開設や水道事業も手がけたし、日本で最初の瓦斯《ガス》灯を横浜の街に点灯させたのもこの人だった。横浜で経営していた高級旅館高島屋は、明治新政府高官御用達の料亭、宿だった。また、私塾藍謝堂（後の高島学校）の創立者としてもよく知られ、北海道炭礦《たんこう》鉄道会社の社長なども務めている。

そのうえ、易学家でもあり、あの「高島易断」を創始し、呑象《どんしょう》と号した。易学家としては、日清戦争、日露戦争、伊藤博文の暗殺などを予言して、「易聖」と大いに仰がれた。

それにしても、なぜ佐賀の儀助が、そんな嘉右衛門と知己であったのか。実は、嘉右衛門と、佐賀、南部の両藩は、かねてより深い関係を持っていた。

高島嘉右衛門は天保三年（一八三二）の生まれで、生国は常陸国《ひたちのくに》である。父薬師寺嘉兵衛は、江戸三十間堀町で材木商を営み、遠州屋が屋号であった。この父親の代から、佐賀、南部両藩の御用商人だったそうであり、東北および関東などで七か年にも及ぶ飢饉が起きた時（天保の飢饉）、嘉兵衛は佐賀から南部へ米を急送したという。南部では父子で鉱山経営にも携わり、両藩の江戸藩邸普請も遠州屋が請け負った。

ところが、嘉永六年（一八五三）、父嘉兵衛が他界をすると、嘉右衛門は大変な事実を知らされる。巨額に上る借金である。原因は姉の夫の放蕩《ほうとう》だった。

安政二年（一八五五）に直下型地震が江戸の町を襲った時は（安政地震、江戸地震）、焼失した佐賀、南部両藩邸の仮普請を引き受けたほか、材木などの復旧用の資材売却で莫大な利益をあげて、一息ついた。だが、好事魔多し。南部藩領の木材を江戸に持ってきて、それで普請代金の一部を相殺することになっていた。しかし、安政五年（一八五八）八月、江戸で暴風雨が吹き荒れて（台風だったにちがいない）、木材が流失してしまう。残ったのは借金だけだった。遠州屋はここに至って存亡の秋《とき》を迎えてしまう。

それを救ったのが佐賀藩で、家老田中善右衛門が救いの手を差し伸べた。横浜の開港場に店を開いて、佐賀の特産、有田焼や白蠟の輸出を手がけることになったのだ。これがなければ、嘉右衛門の商人としての命運は尽きていたにちがいない。

だが、魔が差すとはこのことだろう。当時、日本では金の海外流出が大問題になっていた。金と銀との交換比率が海外と日本で大きく違っていたためである。つまり、日本での交換比率は、金一に対して銀五であった。ところが、海外では、金一に対して銀十五というように大差があった。外国商人はこれを利用し、洋銀五と引き換えに和金一を持ち帰り、その和金一を欧米で洋銀十五に交換し、大儲けをしたのであった。

そのため、幕府は、外国人へ金貨を渡してはならぬと禁令を出す。でなければ、日本の金が枯渇する。だが、嘉右衛門は、この禁令を犯し、オランダや米国の貿易商に金貨を売った。例えば、和金一を彼らに売って、その代金として洋銀十を受け取れば、それだけで嘉右衛門も貿易商も、洋銀五の儲けが出たのであった。借金を返済するために、やむなくとった手段であった。

ところが、これが役人の知るところとなり、嘉右衛門は江戸伝馬町の獄につながれる。入牢七年。当時の牢は、生きて出られるのが珍しかった。嘉右衛門はその中で牢名主にまでのし上がり、役人達を巧みに操り、生きて出獄したのであった。しかも、獄中で易学を学んだというから、人並み外れた人物だった。

慶応元年（一八六五）、人足寄場《にんそくよせば》から外へ出されて、江戸所払いとなった嘉右衛門は、舞い戻った横浜で、パークスら外国の要人に取り入って、伊藤博文や大隈重信など政府要人とも接点を持ち、見事に復活するのであるが、それについては割愛しよう。

以上のように、高島嘉右衛門にとってみるなら佐賀藩は恩人のようなものだった。また、横浜での販売を委ねられた有田焼や白蠟は、佐賀藩代品方が扱っていた重要産品であったから、面識こそなかったものの、野中元右衛門とも近かった。

一方、佐賀商人の間でも嘉右衛門の名は知れ渡り、入牢のことや横浜での復活劇が折に触れて話題となった。儀助もかつて、在りし日の元右衛門からその名を聞いたことがある。元右衛門によるならば、嘉右衛門は人望が厚く、金貨売却が発覚し、一時逃亡を企てた時、江戸表の佐賀藩藩士が藩邸の中に導き入れて、匿《かくま》ったことまであるという。

儀助は、そんな話を聞いていたから、江戸表へ出た際は嘉右衛門に会ってみたいと思いつづけていたのであった。人脈こそがすべてであると身を以て体験していたからである。

そして、明治二年（一八六九）、格好の機会が訪れた。長崎から東京へ行くには、長崎港から商船に乗り、横浜港で上陸後、陸路東京へ向かうのが一番早い。横浜を経由するならば、開港場も見てみたい。それに、嘉右衛門のところも訪ねてみなければ損である。

横浜港上陸後、嘉右衛門の店《たな》の場所を尋ねると、すぐにわかった。外国人居留地に隣接する商業地区の一角といい、途中、誰に聞いても知っているので道に迷う気遣いはない。

着くと、嘉右衛門はあいにく不在であった。先を急ぐ身でもなかったから、主人の帰りを待つことにした。通りを行き交う人々を眺めていると、長崎にはない活気があった。

「やはり、これからは東京、そして横浜か……」

儀助は、長崎に見切りをつけた自分自身の判断に、にわかに自信が湧いてきた。

そのうち、若い衆を三人ほど引き連れた、痩せた細面の男が一人、店の暖簾《のれん》を掻き分けた。

儀助はとっさに、

「この人だ！」

と直感したものだった。使用人が儀助のほうに視線を向けて、男に何か言っている。すると、男はたちまち相好を崩して、そばへ歩み寄ってきた。

「これは、これは。松尾儀助さんですか。あなたの名前は聞いた覚えがありますな。野中元右衛門様のところにおったはず。いやはや、元右衛門様、仏国にてご逝去はまことにお気の毒でございます……」

話は早い。嘉右衛門も、儀助のことを知っていた。その後、儀助は使用人に先導されて、開業直後の高級旅館高島屋へと案内された。嘉右衛門は用事が済んでいないので、後で顔を出すという。待つ間は御馳走攻めで、刺身の舟盛りやら鰻《うなぎ》の蒲焼きなど豪華な料理が並べられ、酒の味も一級だった。

遅れてやって来た嘉右衛門は、横浜における通商貿易の最新事情を面白おかしく語るのだった。初耳の話も多かった。

この時は、それですべてであった。翌日、儀助は高島屋を辞すると、横浜港を見て回り、その日のうちに東京麹町永田町三年坂上、大隈邸に転がり込んだ。

それから、何か月が過ぎただろうか。嘉右衛門から急ぎの使いがやって来て、南部藩への米回漕《かいそう》を手伝わないかとの誘いがあったのだ。

それから間もなく、嘉右衛門と儀助らの一行は、嘉右衛門が政府から借り受けた飛龍丸という汽船に乗って、海路、南部地方を目指すのである。

飛龍丸は米国製で、幕末に小倉藩が英国人から購入し、幕府海軍にも属したが、明治維新後は新政府に移管されていた。第二次長州征伐の時、長州と砲火を交えたこともあり、維新後は武装を解いてはいたのだが、れっきとした軍艦だった。

この船に積まれた急送米は、南京米と呼ばれるもので、東南アジアで収穫された米だった。この南京米は、オランダ領事が米の投機に失敗し、行き場がなくなっていたものを、嘉右衛門が処理を引き受けた。南京米は、味も落ちるしパサパサするが、飢えて死ぬよりマシである。それにそもそも、日本は、明治から大正、昭和にかけて南京米を大量輸入し、増加しつづける工場労働者の欠くべからざる食糧とした。ろくでもない厄介ものを南部に押しつけたのではなかったわけだ。

船中では、あり余るほどの時間があった。嘉右衛門は退屈しのぎも兼ねてだろうが、南部の苦境を逐一儀助に語るのだった。

それによると、南部地方と飢饉とは切っても切れない縁がある。江戸時代だけでもその回数は三十数回にも上るのであり、大量の餓死者を出していた。

「特にひどかったのが天明の飢饉と聞いておる。夏というのに冷たい北風が吹いてみたり、雨が降りつづいたりしたそうな。それに、寒くなったり、霜《しも》が降りたり、大風や洪水もあったそうだ。それが何年も続くのだから、大凶作で、飢え死にするのは避けられん。そうなれば悲惨なものだ。母親が、腹を空かせて泣き叫ぶ幼い子供を河原の石で殴り殺し、川に投げ捨てたと聞いている。我が子を生きたまま食う母親や、親を煮て食う女子《おなご》もおった。目を覆いたくなるような話じゃろうが。強盗、火付け、人殺しに盗みも当たり前のようになっておったんだ」

　あまりにも悲惨な話に儀助は言葉を失った。九州などでも害虫（ウンカ）が大量発生し、いわゆる享保の飢饉が起こっているが、次の年は豊作で、飢饉は一年限りであった。ところが、南部地方を襲った飢饉はそれより遥かにひどかった。嘉右衛門の話によるならば、天保の頃には、何と七か年続けての大凶作が大飢饉を引き起こし、この時も、子供を川へ投げ込む親がいた。

「だがな。雨風や霜、大風ばかりが悪いのじゃない。南部藩もいかんのだ。何だかんだと理由をつけて、凶作というのに領民達から御用金をたんまり搾《しぼ》り取り、困窮に拍車をかけたのだ。しかもだ。領民が塗炭の苦しみを嘗《な》めておるのに、藩主は奢侈《しゃし》に耽《ふけ》るばかりで、いりもせぬ普請に民百姓を駆り出して、一層窮地に追い込んだ。そのうえ、商人連中も、金に飽かせて米などの食糧を買い占めて、米価を奔騰《ほんとう》させたのだ。これでは、民百姓の浮かぶ瀬などはないではないか」

　飢饉について語り終わると、嘉右衛門は苦笑いしながらこう言った。

「実は、われらも南部藩には、さんざんひどい目に遭わされておる。親父の代から、いいようにさんざんこき使われて、貸しをつくるが踏み倒される。儀助さんの佐賀藩と金でもめることはないんだが、南部はいつも、払わぬ、払えぬの一辺倒だ」

嘉右衛門の話は本当だった。例えば、天保の飢饉の時である。大凶作で米価が高騰し、領民が飢餓に陥ると、南部藩は、嘉右衛門の父遠州屋嘉兵衛に佐賀鍋島家と交渉させて、肥後米三万石の買い入れに成功したのであった。佐賀藩が米売り渡しに合意したことが伝わると、南部地方では隠匿米《いんとくまい》が売りに出されて米価が下がり、餓死者もあまり出なかった。

ところが、買うとは言ったが、南部藩には米三万石の代金六万両が払えない。そこで、二万石に減らしたのだが、それでも払う金がない。そこで、再び嘉兵衛が鍋島家に嘆願し、年賦償還という条件を飲んでもらったのだそうである。嘉兵衛が交渉役を務めていたのは、一つには鍋島家出入りの商人だから。もう一つには、金がないので南部藩士は誰も交渉したがらなかった。「君が為《ため》はるばるかけて肥前迄《まで》米買ひに行く人はつらけり」という一句が残っているが（天保凶作百人一首）、嘉兵衛の苦労を歌ったものにちがいない。

「だから、南部など放っておいてもいいのだが……」

嘉右衛門の真意を、儀助は瞬時に読み取った。

「嘉右衛門様。つまり、義ですね。義を見てせざるは勇なきなりと」

「ははは……。その通り。明治の御代《みよ》だ。もはや南部に忠義を尽くさぬとて許されようが、領民達は一緒にできぬ。わたしの親父もそうだった。だから、こうして米を持っていく」

「わかりました。とすると、儲けは……」

「すまないな。損はできんが、利幅は限りなく薄かろう。わたしが易を立てるのは知っていよう。見たところ、儀助さんには常人にはないものがある。だから、此度《こたび》は一緒に行ってもらうんだ。失礼とは存ずるが、儀助さんの度量を見極めたいと思ったからな」

儲けはなしか……。それでもいいかと儀助は思い、盃《さかずき》の酒を飲み干した。

「嘉右衛門様。面白くなってまいりました。商人にも人の子としての矜持《きょうじ》がございます。喜んで、お付き合いいたします」

なお、嘉右衛門の話では、米の回漕には、佐賀出身の竹富熊吉も一枚嚙んでいるという。熊吉も商人で、『鍋島直正公伝』は、「竹富熊吉（西の竹富といふ）も抜群の人物にて、嘉永の比《ころ》より大坂に居住して、京摂（京都および摂津。引用者注）の間に覇となりたれど、数計に明《あきら》かなる所より終《つい》に相場師となり、堂島の米穀取引所の支配人、北浜相場の理事長ともなりしが、末路は振《ふる》ざりき」と書いている。米の代金は、現金ではなく、来年収穫した米で支払う約束になっている。熊吉の役目は、受け取った米を売り捌き、現金に換えることだった。

人脈というのは恐ろしい。まさか、竹富熊吉の名前をここで聞かされることになろうとは……。幕末、明治の日本は、思いのほか狭かった。

飛龍丸は、陸中海岸のほぼ中央部に位置する宮古湾に入っていった。閉伊川河口北岸、鍬《くわ》ケ崎《さき》（現・宮古湾）に船を着け、運んできた南京米を陸揚げする手筈になっていた。

ところが、鍬ヶ崎に近づくや、漁師舟と思しき小舟が数艘漕ぎ寄せてきて、身振りを交えて何かを必死に叫んでいる。耳を澄ますが、方言なのでまるでわからない。かろうじて聞き取れたのは、「おげれってくだんせ」という一言だった。

隣に立っていた嘉右衛門は、さもありなんという表情で、

「儀助さん、わかるかい。頼むから、ここから出ていってくれと言っている。まあ、そう言われてもしかたがあるまい」

事情が呑み込めず、嘉右衛門の顔を見つめていると、彼は小舟の男達に大声で、この船は軍艦ではなく、自分達は南部を窮状から救うため、米を運んできたのだと事細かに説明するのであった。すると、男達はまたも何か言ってから、水押《みよ》し（舳先《へさき》）の向きをくるりと変えて、陸地のほうへ帰っていった。

「嘉右衛門さん、何事ですか」

「あの漁師らは、この船を軍艦と思っていたようだ。だが、誤解は解けた。このまま船を進めよう」

なぜ、漁師らは去れと言ったのか。嘉右衛門の話では、この年の三月下旬、ここで海戦があったのだった。そのため、恐れをなした漁師らは、戦《いくさ》は二度と御免だと、ほかの港へ回航するよ

う頼んできたのだそうである。

海戦とは、いわゆる宮古湾海戦のことだった。三月二十五日早暁、榎本武揚率いる旧幕府軍の軍艦回天など三隻が、港内に停泊していた新政府軍の艦船を奇襲した。目的は、日本にただ一隻の最新鋭装甲軍艦甲鉄を奪取することだった。旧幕府軍は、幕府が米国に発注していた甲鉄艦を新政府軍に引き渡されたうえ、主力艦開陽丸を江差で失い、海軍力でも劣勢だった。それを一気に挽回しようと、甲鉄奪取を目論んだ。

だが、旧幕府軍の回天は、甲鉄への接舷には成功するが、ガトリング砲の銃弾を浴び、敵艦に包囲、砲撃されたため、撤退を余儀なくされている。その間、わずか三十分。戦闘としてはあっという間の出来事だったが、湾内には砲撃音が轟《とどろ》き渡り、二十人を超す戦死者も出て、人々を恐怖に陥れた。

なお、海戦の時、儀助らの乗る飛龍丸も、新政府軍の軍用船として宮古湾内に居合わせた。また、この時の新政府軍の主力は佐賀藩だった。何という不思議な巡り合わせであったろう。

ちなみに、旧幕軍が立て籠もる箱館五稜郭が開城し、戊辰《ぼしん》戦争（維新政府による反維新政府諸藩と幕府残存勢力の平定戦争）が終結したのは翌々月のことだった。

一行は、鍬ヶ崎から藩庁のある盛岡に向かったが、道すがら目にする光景は、田畑が荒れるに任《まか》されているわけでもなくて、思いのほか平穏だった。天保の飢饉時には、食糧にするため、山野の野老《ところ》や、葛《くず》、蕨《わらび》などの根を掘り尽くし、街道沿いの松の皮まで食べたので、枯死する松が相次いだとまで言われるが、そんな様子もどこにもなかった。

「儀助さん。どうした？　拍子抜けしたみたいだね。今年のは、そんなにひどいわけじゃないんだよ。それに、今は昔と違うんだ。天明の頃はひどかった。飢饉と言えば、近くの藩も似たような有り様だったから、救米にしても遠方から持ってこなければならないが、あの頃はそのための手立てがなかったさ。だから、飢えもひどくて、人間とは思われない餓鬼のような姿形の連中がそこかしこにいたんだそうだ。体が黒ずみ、髪が抜け、歯を剝《む》き出しにしていたというから哀れなもんだ」

だが、時代が下り天保になると、嘉右衛門の父親が遠く九州から米を運んできたように、遥かにましになってくる。そして、明治の今は、南京米という外国の米まで送れるようになったのだ。

さて、盛岡に入った儀助は、南部藩士のあまりもの窮乏ぶりに驚いた。「松尾儀助君伝」には、

高島氏の縁故を以《もっ》て先《ま》つ南部に赴き之《これ》を見るに、各士族は其《その》罰金に充《あて》んか為に各其所《おのおのその》有品を献納し、甚《はなはだ》しきに至《いたり》てハ児童の硯箱《すずりばこ》を献する者あるに至り、家老の如《ごと》きすら屋中畳《たたみ》を敷きたる者なく、惨たる其形状目観《み》るに忍《しの》ひす、而《しこう》して各士族に給すべき糧食ハ其

年二月より六月までは毎一人一日一升を下附し得へきも、六月以降に至りてハ又支給すへき者なきを以て……

とある。家老ですら畳が敷けず、板張りに甘んじていたというからかなりであった。また、ここには「罰金」という言葉が出ているが、これには少々説明がいる。

すなわち、戊辰戦争の時、南部藩は維新政府に武力で抗《あらが》う奥羽越列藩同盟に加わって、維新政府を支持する久保田藩（秋田藩）に攻め込んで、大館《おおだて》城を落城させた。そのため、降伏後、所領二十万石を没収されたほか、旧仙台藩領白石周辺への転封をも余儀なくされた。その後、盛岡復帰を認められたが、それには条件がついており、罰金七十万両を維新政府に納めることとなっていた。

だが、南部藩に、そんな大金があるはずもない。そこで、藩では、嘉右衛門に相談を持ちかけ、知恵を借りることにしたのであった。嘉右衛門の意見は、恭順《きょうじゅん》の意を表するために、持てる物をすべて売り払い、七十万両には届かぬだろうが、売上金を政府に納めよというものだった。意見に従い、藩士らは、衣類、家具から先祖伝来の名刀に至るまで、すべての財産を売り払い、罰金の一部に充てたのである。

それでも、罰金はまだ五十万両以上残っていた。この年の六月以降は、藩士へ給する扶持《ふち》米にまで事欠いた。南部藩は、財政破綻に陥って、にっちもさっちも行かなくなっていたのであった。

そこに現れたのが、嘉右衛門と儀助であったのだ。これ幸いと、藩庁は二人に泣きついた。だが、もはや売り払える財産は皆無であった。どう考えても、方法は一つしか残っていなかった。

「儀助さん、どう思う？」

「はい。嘉右衛門様と同じ考えかと思います」

「そうだな。やはり、それしかないだろう。手伝ってくれるか」

「喜んで」

たった一つの手段とは、罰金を帳消しにすることだった。踏み倒すほうが簡単だったが、政府の怒りを買うだけである。罰金の減額を頼むという手段もありそうだったが、多少減額されたぐらいでは、今の南部藩には払えない。そうすると、方法はただ一つ、罰金を帳消しにしてくれるよう、政府に働きかける以外になかったわけだ。

二人は、横浜に戻ると、息つく暇もなく、東京神田橋内旧姫路藩邸を目指していった。そこには大蔵省があり、大蔵大輔《たいふ》大隈重信が詰めている。

名を告げ、重信に取り次ぐよう声をかけると、ほどなくして中へ通された。

座敷の中には欧風の調度品類が並べられ、重信は椅子に腰かけていた。

「これは、これは……。南部から帰ってきたと思ったら、二人して大蔵省詣《もう》でとは。儀助、いったい何用があって参ったか」

重信は、横浜高島屋の常連客で、嘉右衛門とは懇意の仲だった。また、南部行きの一件も、儀助から聞いて知っていた。だが、戻っていきなり大蔵省へ訪ねてくるとは何事なのかと訝《いぶか》った。

「大隈様、実は……」

儀助はそう切り出すと、説明抜きで、結論だけを言うのであった。

「大隈様、お願いがあって参りました。南部藩に課した上納金の残額五十余万両、帳消しにはできませんか。さもなければ南部は滅びます」

突然のことだったので、重信は呆気《あっけ》にとられているようだ。

「何事かと思えば、上納金を帳消しにせいと言いに来たのか……」

儀助はそれから、南部藩の窮状を見てきた通りに説明し、

「それゆえ、帳消ししかないのです。それには大隈様の大英断が必要と……。大隈様、何としても南部をお救いくだされ」

重信は、渋い顔で聞いている。南部藩は、一時は政府に叛旗を翻《ひるがえ》し、久保田藩領へ攻め入り、

乱暴狼藉《ろうぜき》をはたらいた。おめおめと許せる相手ではなかったし、重信が一人で判断できる簡単な事項でもなかったからだ。

と、それまで脇に黙って立っていた嘉右衛門が、おもむろに口を開いた。

「大隈様、これは松皮餅にございます、大隈様はこれを食せましょうか。民百姓は、こんなもので飢えを凌《しの》いでおるのです」

これは明らかな嘘だった。明治二年は、松の皮を剝いで食うほどひどい飢饉ではなかったからだ。松皮餅は盛岡でわざわざつくらせたものであり、日にちが経って茶色の餅は固くなり、無数のひびが入《い》っていた。

「こんなもので命をつなぐ南部の民百姓を救うのは、南部藩以外にありません。ところが、その南部藩が上納金を納めるために、民百姓どころではありませぬ。藩を救うとは、すなわち民百姓を救うこと。大隈様、儀助さんの言うように、ぜひとも御英断を下されますよう……」

珍しいのか、重信は、餅を手に取り匂いを嗅いだ。だが、松の皮と聞いただけで、口をつける気はおこらなかった。しかし、この松皮餅は、現在でも秋田県内で郷土の菓子として食べられている。元々は飢饉の際の救荒食であったのだろうが、作りようによってはまずくない。

重信は、目を閉じ、俯《うつむ》いて、考え込んでいる様子であった。そして、やがて顔を上げると、こう言った。

「わかった、わかった。この件は捨て置くことなく、吟味《ぎんみ》したうえ、結論を出す。それでよいじゃろ。今日はここまでだ。さっさと帰れ」

政府が、上納金（罰金）の残額は支払うに及ばずと決定したのは、それから間もなくのことだった。儀助達の目論見どおりになったわけである。松皮餅が効いたのか、あるいは宥和《ゆうわ》を優先するという政治的判断があったのか。この件について重信は口をつぐんだままだったから、儀助にも謎のままだった。

松皮餅では、重信をうまく騙した嘉右衛門だった。ところが、しばらく経って、今度は嘉右衛門が重信にまんまとしてやられ、くやしい思いをするのであった。

明治三年（一八七〇）、高島屋を訪れた重信と伊藤博文は、嘉右衛門に対して「おい、何か話せ」と意見を求めた。ずいぶんと横柄な態度だが、国民を華族、士族、平民の三つに分けるという身分制度があった時代で、お上《かみ》意識があったのだ。意見を求められた嘉右衛門は、持論であった鉄道敷設の必要性を説いたうえ、民間による鉄道事業を許可してほしいと請うのであった。ところが、二人は、笑っているだけで答えない。

けれども高島は、その顔色から察して、彼の所説を否認してはをらぬと悟り、慧敏な彼

れは直ぐに知人横山孫一郎、富永冬樹両人に話し、外国人から鉄道敷設の資金を借入れるよう周旋《しゅうせん》させた……（大隈侯八十五年史）

嘉右衛門は、鉄道事業が許可されるものと思い込み、資金集めを始めたわけだ。そして、とうとう、横浜に滞在していた英国人企業家ネルソン・レイと交渉し、百万ドルの貸し付けを彼に承諾させたのだった。

資金の目途がついた嘉右衛門は、勇躍して大蔵省の門をくぐり、重信に京浜間鉄道敷設の許可を願い出た。ところが、彼は、許可するどころか、とんでもないことを言い出した。

「君は、今少し気の利いた人物だと思っていたが、案外愚者だ。君は、横浜にいてこそ山師だろうが、欧州の山師には叶《かな》わない。そんな百万ドルという大金を貸すことのできる豪家が横浜界隈に渡来している道理があるものか」

そのうえ、そばにいた伊藤博文まで重信に同調したため、嘉右衛門は虚しく大蔵省を辞すのであった。

ところが、嘉右衛門が大蔵省を立ち去ると、二人は急遽馬車を仕立てて、横浜に向かったそうである。そして、レイを訪ねて、鉄道は官営事業とすると説明し、そのための資金三百万ポンドを貸すよう申し入れた。レイにしても、民営より官営が心強かったにちがいない。三百万ポンドの貸し付けをその場で応諾したのであった（後、百万ポンドに減額）。

このようにして嘉右衛門を出し抜いた重信は、相当な狸《たぬき》と言っていい。だが、さすがに後ろめたかった。後に、鉄道敷設事業への参画を嘉右衛門に打診したのだが、嘉右衛門はそれを断った。「その代わりに……」と申し出たのが、鉄道敷設用地の埋め立て造成であったのだ。そして、海を埋め立て造成された一帯が、今の高島町なのである。

ちなみに、レイからの借款は、嘉右衛門が大蔵省へ行く前に、英国公使パークスの斡旋《あっせん》によりすでに決まっていたとの説もある（大隈侯八十五年史）。だとすると、出し抜いたことにはならないのだが、いずれにしても、一番の狸はレイだった。

後日談になるのだが、レイと交わした契約書には法律上の不備があり、書き換えなければならないと、商業銀行オリエンタル・バンク（英国東洋銀行）から指摘を受けた。重信らは色を失い、善後策を講じるために奔走したが手遅れだった。つまり、レイとの約定では、百万ポンドはレイからの私債となっていたのだが（個人からの借金）、彼は何と市場での公開調達を目論んだ（公債扱い）。しかも、募集金額は倍の二百万ポンド、利率は九分となっていた。レイとの間で取り決めた利率は一割二分であったから、その差額三分が黙っていてもレイの懐に入るのだ。

この件は、結局、オリエンタル・バンクの弁護士に訴訟を託し、レイに勝訴するのだが、嘉右衛門に「君は、横浜にいてこそ山師だろうが、欧州の山師には叶わない」と言っていた重信自身が、「欧州の山師」に騙された。

これには嘉右衛門も溜飲《りゅういん》を下げたにちがいない。一方で、儀助にとっては、いい勉強になっていた。なぜなら、もし嘉右衛門がレイから資金を調達していたら、はたして何事もなく済んだのか。個人対個人であるから、問題が起きれば、明らかに嘉右衛門のほうが分《ぶ》が悪い。

重信らにしてもそうだった。一国の政府高官が欧州の山師に太刀打ちできなかったわけである。幸い、政府対個人であって、日本側にはオリエンタル・バンクという後ろ盾があったため、大事に至らなかっただけである（オリエンタル・バンクの背後には、英国公使パークスが控えていたという）。

外国との付き合いも、物を売り込めばいいというある意味単純な時代から、金融の知識も不可欠な難しい時代になっていた。

「こりゃあ、よっぽど勉強しないと通らんし、気を引き締めてかからんと……」

儀助は、思いを新たにするのであった。

第九章　ウィーン万国博覧会

明治六年（一八七三）、墺国ウインナ

明治五年（一八七二）、東京での儀助の生活もすでに四年目に入っていた。

この間にも、様々な出来事が起きており、まず内政面では廃藩置県が断行されて、藩が消滅、全国は一使（開拓使）三府（東京、京都、大阪）三百二県に再編された（後に、一使三府七十二県）。

佐賀に関係するところでは、江藤新平が佐賀藩卒族（旧足軽）に襲撃されて、重傷を負うという事件があった。江藤新平は、幕末に佐賀藩を脱藩して尊攘運動に奔走し、藩から永蟄居《えいちっきょ》の処分を下された。だが、維新政府成立後は、東征大総督府軍監、江戸鎮台判事、会計官判事、東京府判事などを歴任し、太政官中弁に就いた翌月の夜のことだった。駕籠《かご》に乗っている時に、暴漢に襲撃されたのだ。

なぜ佐賀藩卒族が、同じ佐賀藩士族を襲うようなことになったのか。これについては、次の見方がされている（毛利敏彦『幕末維新と佐賀藩』）。つまり、もともと足軽の給金は、所属する組に一括して支払われ、組内で分配するしきたりだった。だが、泰平の世が続き、足軽の職が世襲化すると、給金の性質が変化し、一種の家禄と見なされて、家に付随する既得権と化していた。それを江藤が、藩政刷新に際して元のあり方に戻したために、卒族の一部が既得権を奪われたと江藤を怨み、凶行に至ったのであるという。

江藤は、前佐賀藩主閑叟の東京葵《あおい》町の屋敷から帰宅する途中であった。事件を知ると、閑叟は激怒し、捕まるか自首した五名の襲撃犯に死罪を言い渡したそうである。江藤は助命を嘆願したが、閑叟は承知しなかった。「もともと閑叟は情け深くて死罪を嫌う傾きがあったにもかかわらず、このときは別人のように厳しかった。閑叟が怒ったのは、分身として信頼する江藤を襲ったのは自身に刃向かわれたのも同然だと感じたからではなかろうか」（同前、一二五頁）。儀助は、事件後、大隈邸で江藤新平を見かけたことがあるのだが、なぜ自分と同じ卒族がこの清廉《せいれん》の士を傷つけたのか、理解しがたいことだった。

大納言に就くなど維新政府の重鎮であった閑叟は、明治四年（一八七一）に他界した。享年五十八歳だった。薩摩の島津《しまづ》斉彬《なりあきら》と並び称される開明的な名君が、維新から間もないこの時期にこの世を去ってしまったことは、後に中央政界が薩長閥に牛耳《ぎゅうじ》られる一因ともなっている。ちなみに、元和歌山藩士陸奥宗光は、薩長の独断専横を、「今や薩長に非《あ》らざれば、殆《ほとん》ど人間に非らざる者の如《ごと》し」と書いている。

一方、大隈重信は、明治三年（一八七〇）、大蔵大輔から参議に出世した。三千石の旗本戸川安宅の屋敷であった築地西本願寺脇の重信私邸は、五千坪もの敷地があって、梁山泊《りょうざんぱく》の異名をとった。梁山泊と呼ばれたのは、広い屋敷に友人や門下、食客が大勢押しかけて、食客の人数に至っては常に二十人から四十～五十人を数えていたという。梁山泊に集うのは、各藩の藩士や旧幕臣などの士族らで、鉄道敷設計画も、ここでの議論が嚆矢であったとされている。

儀助は、明治三年（一八七〇）、神田錦町に居を構え、長崎から妻子を呼び寄せて、横浜での商機をじっと窺《うかが》う毎日だった。だが、横浜も、安政六年（一八五九）の開港からすでに十年以上の時が過ぎ、新参者が新たに旗揚げするのは難しかった。この錦町の家には、妹リンの嫁ぎ先の世話になっていた母スマを呼ぼうと思ったが、スマが、今のままがいいと言うので、盆暮れに金だけ送ることにした。

また、相変わらず茶商を名乗っていたのだが、茶でいいのかという迷いもあった。高島嘉右衛門などを見ていると、埋め立て事業一つをとっても商人の枠からはみ出していて、実業家と呼ぶのが相応しかった。それに比べて、茶業一辺倒という行き方は、あまりにも小さくまとまりすぎて、男子一生の仕事とするには物足りなさがあったのだ。

東京にいつづけるのなら、茶商などはまっぴらだ。だが、もし茶商でありつづけるのなら、佐賀、長崎へ帰ったほうが日の目を見ることもあるだろう。どちらにするのか決められないまま、歳月だけは過ぎていく。

時には、中途半端な境遇に何だか嫌気がさしてくる。そうした時は、梁山泊へ出かけていって、気を紛らわすことも多かった。梁山泊の常連は、だいたいが元は武士であり、足軽だった儀助と身分が異なるが、それにこだわる者はなく、気ままに過ごせる利点があった。ただし、儀助は天下国家を論じるような政談の類は好まなかった。では、何をして時間を潰すのか。囲碁である。元右衛門から教えられ、かなりの腕前になっていた囲碁である。食客の中にも囲碁好きは相当いたのだが、儀助に叶う者は皆無であって、打った数だけ勝利した。

だが、鼻っ柱が強い連中ばかりであった。何度続けて負かされようが、置き碁ではなく互《たが》い先《せん》で再挑戦だ。そうして碁を打ちながら、彼らの話に耳をそばだて、世の趨勢を感じ取るのが密かな楽しみになっていた。

明治五年（一八七二）五月のある日。この日の晩もいつものように、盃片手にのんびりと碁を打っていた。すると、帰宅してきた重信が碁盤の脇にあぐらをかいて、顎を撫でつつ、

「儀助、弔《とむら》い合戦じゃ」

と言うのであった。

弔い合戦とは尋常でない。呆気にとられて力が抜けたか、つまんでいた碁石が碁盤に落ちて、落ちたところは天元《てんげん》だった。

「今日はくたびれたから、簡単に言う。後は役所で聞けばいい。弔い合戦とは、墺《おう》国《こく》博覧会のことである。日本がこれに参同したのは存じておろう。それでじゃ、儀助、お前も墺国はウインナへ行ってこい。この件については、佐野からも熱心な推挙《すいきょ》があったのだ。また、わしも行

かせるつもりであったから、行って、客死し、無念であったにちがいない野中殿の仇《かたき》をとってこい！」

それだけ言うと、重信は奥へ引っ込んだ。

墺国とはオーストリアで、ウインナは墺国の首都ウィーンのことだ。また、佐野とは言うまでもなく佐野常民で、常民は維新後、兵部少丞《しょうじょう》として海軍創設に尽力したが、讒言《ざんげん》に遭い免職された。その後、工部大丞などを歴任した後、墺国博覧会御用掛を経て同理事官になっていた（後に博覧会事務副総裁）。

墺国博覧会（以下ではウィーン万博と呼ぶことにする）への参同の誘いがあったのは、この前年、明治四年二月（一八七一年三月）のことであり、駐日墺国公使カリーチェから外務卿澤宣《さわのぶ》嘉《よし》に打診があった。参加が決まったのは年末で、参議大隈重信、外務大輔寺島宗則、大蔵大輔井上馨が事務を担うことになる（大隈重信は後に博覧会事務総裁）。

オーストリアの現在の人口は約八百二十三万人で、海のない内陸の小さな国だが、当時のオーストリアは、遥かに広大な領土を有し、南はアドリア海にまで版図が及ぶハプスブルク家の帝国だった。

明治六年（一八七三）のウィーン万博は、皇帝フランツ・ヨーゼフ一世の治世二十五年を記念して構想されたものだった。ただし、オーストリアはこの頃すでに斜陽の帝国と化していた。

すなわち、現在のハンガリーに当たる地域には妥協の産物として軍事と外交を除く高度な自治が与えられ、オーストリア・ハンガリー二重帝国という言葉があるように国土は二分されていた。

また、ヨーゼフ一世の治世は六十八年の長きにわたるが、晩年には、帝位継承者フランツ・フェルディナント夫妻がサラエボでセルビア人に暗殺されて（サラエボ事件）、第一次世界大戦が勃発し、ヨーゼフ一世は戦争中の一九一六年に崩御した。また、その後の敗戦により、皇帝カール一世は国外亡命し（ハプスブルク家支配の終焉）、ハンガリー、チェコスロバキア、後のユーゴスラビア王国が分離独立していった。こうして見ると、ウィーン万博は帝国としてのオーストリアが最後の最後に打ち上げた大玉の花火のようなものだった。

それはともかく、重信の話を聞いて、儀助は茫然《ぼうぜん》自失とするほかなかった。明治五年頃には洋行なんて夢物語と言うべきもので、上海ぐらいまでならば渡航を考えた時期も確かにあったが、欧州となれば話は別だ。その欧州に、この俺が……そう思うと、狐につままれたような感じであったが、よくよく考えてみるならば、元右衛門が残した置き土産のようなものだった。

万博と言っても、お祭り気分はどこにもなくて、参議大隈重信が事務総裁を任じたように、明治政府は真剣だった。国際社会に躍り出たばかりの日本を世界に知らしめる格好の催しであったほか、欧州の工業界を調査して、技術や知識を持ち帰るまたとない機会でもあったのだ。

さらには、日本の物品に対する評価を知ったり、国内外の物品の価格差などを調べたりすることは、今後の輸出振興や殖産興業政策の重要な手がかりでもあったのだ。

その中で、儀助の果たすべき役割は……。おずおずと担当の官吏に尋ねると、客に商品を売りつければいいという。時間があったら、輸出に役立つような話はないか、調査しろとも言うのであった。政府部内の文書でも、儀助達の役目は「売店へ出張売方専務《せんむ》候《そうら》へ共《ども》余暇ヲ以《もっ》テ日本産品ノ輸出ヲ増益スヘキヲ多分講究シ……」となっていた。

「それだけでいいのか……」

拍子抜けする思いであったが、想像するに、重信と常民は、梁山泊で囲碁三昧の儀助の未来を心配し、目を覚まさせ、商機を摑ませる目的で、総裁、副総裁としての権限を行使して、派遣員の中に押し込んだのだ。

墺国へ向かうフランス郵船会社（MM＝Messageries Maritimes）ファーズ号の出港予定は、明治六年（一八七三）一月三十日早暁だった。

横浜と欧州を直接結ぶ航路が開かれたのは明治二十年（一八八七）のことであり、明治六年当時は香港でいったん上陸し、別の船に乗り換えて、フランス南部の港町マルセイユへと向かったものだ。

だが、ウィーンへ向かう儀助達の一行は、香港で船を乗り換えず、ファーズ号に乗ったまま、アドリア海のトリエステ港に着いている。なぜならば、ファーズ号は、横浜・香港航路に就航していた船だった。だが、老朽化が進んだためか、大改装を施すために、母港であるマルセイユまで回航することになったのだ。ただ、空船のまま回航するのではもったいないから、借り手がいれば安く貸してもいいという。博覧会事務局は、この話に飛びついた。ファーズ号を借り切れば経費の節約になるからだ。

ちなみに、トリエステは、今はイタリア領だが、明治六年当時はオーストリアの一部であった。オーストリア帝国の海への出口であったのだ。イタリアへ併合されたのは、第一次世界大戦後、大正七年（一九一八）のことだった。

さて、儀助は、出港の前々日、一月二十八日に家族を伴い、横浜へ来た。長身のため、仕立てたばかりの洋服がよく似合っているので、リヤもどこか誇らしく、満足げな表情だった。

リヤは、この時、身籠《みご》もっていた。十月十日で計算すると、第三子（男の子なら長男、女の子なら三女に当たる）の誕生は、この年の七月頃のはずだった。だが、儀助の帰国は来年になる。夫の留守中に子を生むことは、リヤには不安も多かった。儀助にしても、そんなリヤを残していては心おきなく欧州へ旅立つことができそうにない。

そこで、八方手を尽くし、産婆《さんば》の経験があるという中年女を見つけ出し、頭を下げて、住み込んでもらうことにした。家にはすでに若い女中が一人いて、二人でリヤの面倒を見る。万全とまでは言えないものの、リヤもこれなら安心だった。

横浜では、三千円を超す大金を外国銀行に持ち込み、為替《かわせ》を組んだ。欧州では、どんな商機が儀助を待っているかわからない。それを、金がないとの理由によってむざむざ逃すようなことがあってはならないと、かなり多めに準備した。

乗船は翌日の夕方だったから、この日の晩は高島屋に止宿した。高島屋の主《あるじ》嘉右衛門は、高島学校設立の功により、明治天皇から銀杯を下賜《かし》されたばかりであった。そのためもあっただろうが、上機嫌で儀助に対し、

「いやはや、めでたい。此度《こたび》の洋行、きっと儀助さんのためになる。儀助さんは墺国で必ずや天職に巡り会う。それがあんたの天命だ」

と言うのであった。易学の大家からそう言われると、儀助も心強くなってきた。

嘉右衛門が、ぱんっと手を打ち鳴らす。すると、女中が大皿をいかにも重たそうに持ってきた。見ると、皿の上には特大の尾頭付きが載っている。

「これは、わたしからの餞別《せんべつ》だ。ほかにも馳走を用意させた。ゆっくり名残《なごり》を惜《お》しむがいいて。さて、向こうの座敷で事務官が十人ばかりで宴会じゃ。ちょいと顔だけ出さんとな」

事務官とは、ウィーン万博へ派遣をされる官庁の役人達である。彼らも早めに横浜入りし、

高島屋に宿をとっていた。

夜も更け、リヤも娘二人も、すやすやと寝息を立てている。だが、儀助は頭が妙に冴《さ》え、いつまで経っても寝つけない。そして、しきりに思うのは、元右衛門のことだった。

六年前の慶応三年三月八日（一八六七年四月十二日）、元右衛門は長崎から船に乗り、欧州へ向け旅立った。その時の元右衛門の心情を考えることなく来ていたが、今は痛いほどよくわかる。その双肩にかかっていたのは野中家そして佐賀藩の将来だけではなくて、日本の国の将来も切り拓かんとする気概があった。言われずとも、この時代の人達は、日本の未来も我が事のように考えていた。

「絶対に手ぶらでは帰らない……」

儀助が眠りについたのは、東の空が白みはじめる頃だった。

翌日、渡墺する一行が集合すると、副総裁佐野常民が訓示を垂れた。また、常民は命により、シーボルトやワグネルらお雇い外国人と一緒に英国の商船マラッカ号で、後れて横浜を発つという。そのため、航海中は、一級書記官山高信離《やまたかのぶあきら》が副総裁の代理を務めるともみんなに告げた。シーボルトは、洋学者弾圧事件「シーボルト事件」で有名なあのシーボルトの長男アレクサンダー・シーボルト。ドイツ人化学者ワグネルは、石鹸工場建設のため明治元年（一八六八）

に来日後、肥前有田焼の改良にも尽力し（酸化コバルトを利用した絵付けなどを取り入れた）、佐賀とも縁が深かった。明治四年（一八七一）に上京以後は、大学南校、東校で教鞭を執っていた。

午後四時、沖合に停泊しているファーズ号に乗船するため、儀助らは艀《はしけ》に乗り込んだ。ファーズ号は、長さ二十八丈七尺一寸（約八十七メートル）、幅三丈六尺三寸（約十一メートル）と細長く、三百七十馬力で、三本マスト、七百トンの荷物を船積みできた。万博への出展品二千三百梱はすでに品川で積んでいたから、横浜では人を乗り込ませるだけだった。

リヤは、東波止場《はとば》（イギリス波止場）で儀助を見送る。もうすぐ夜なので、今日は東京へ帰らない。高島屋で今夜も世話になり、翌朝の出港を見届けてから、知人と一緒に東京へ戻る手筈になっていた。

「時代は変わった……」

と儀助は思う。フランス人のリヤが着物姿で波止場にいても、何の違和感もないのであった。和服好きのちょっと変わった欧米人と見られるぐらいのものだろう。ここ横浜は、世界に向かって開かれて、国際都市となっていた。

翌朝、船は八時に錨《いかり》を上げた。長い航海の始まりである。波止場には見送りの人々が大勢集まり、懸命に手を振っている。目をこらしてリヤを探すが、人が多すぎてわからない。と、誰かが幼児の脇を持ち、高々と肩の上に持ち上げた。

「繁子だ！」

儀助は一目で、長女の繁子だと気がついた。リヤは繁子を下に下ろすと、今度は次女の錦子を持ち上げた。儀助はそっと、隠れるようにして涙を拭いた。

この航海について、「松尾儀助君伝」は次のように書いている。

　君等の一行七十余人、仏船ナギナタ号に搭《とう》して程《のり》に就《つ》けり。然《しか》るに当時政府の条約甚《はなはだ》不完全なりしか為に船中の待遇最も不信《親》切にして、其《そ》の香港に着せしときの如《ごとき》ハ旅館に投宿するも食堂に入るを許さす、又床上に臥《が》するを許さす、待遇の上に於て大《おおい》に君等を蔑視したり。君等は心に不平を懐《いだ》くと雖《いえ》とも、一行皆長官の指揮に従ふへきを以て不平を漏らすに地なく、恥を忍《しの》んで遂に墺国維納《ウィーン》に達せり。

政府の条約が不完全であったのが原因で、ひどい目に遭ったと述べている。だが、ほかの記録を見るかぎり、そんなことはなかったようだ。第一、後にも先にも「ナギナタ号」という仏船自体が存在していなかった。

この航海は、実は相当恵まれていて、文句のつけようはなかったはずだ。なぜならば、三級事務官平山成信の渡航記録（昨夢録）を見てみると、貸し切りだったおかげで、船員以外は日本人で、これほど気楽なことはない。一行の中には、浴衣姿で甲板に出て、三味線を弾く通人もいた。そのうえ、船員は何度も日本に来ていて慣れており、時には和食も出たという。一級事務官近藤真琴《まこと》（後、海軍中将）の『澳行日記』によるならば、近藤はワインをしたたか飲んで、船の「将台」から大海原を眺めては、ひとり悦に入っていた。

ただし、「上等ノ客房僅《わずか》ニ二十三人ヲ容スルヘシ」とも書いていて、この上等な船室は、政府の一級書記官、一級事務官、二級事務官、三級事務官らが入れば一杯だった。儀助ら商人および職人らには、汚くて狭い船室が充《あ》てがわれた。

また、近藤の言によるならば（澳行日記）、確かに香港のホテルはひどかった。茶も出さず、煙草盆もなく、シャワーも浴びられず、用があって呼んでいるのに誰も来ず……。「不自由なることいはんかたなし《言方無》」、喩《たと》えようもないほど不自由であった。「松尾儀助君伝」はこのあたりの経験を誇張したにちがいない。

儀助は、確かに不自由なこともあっただろうが、長い航海の慰《なぐさ》みに書物を十冊ばかり持ち込んだ。今で言うなら大ベストセラーになっていた『輿地誌略《よちしりやく》』や『西国立志編《さいごくりっしへん》』も買ったのだったが、不思議と読む気がおこらない。それはそうである。船が立ち寄る諸国の港のほうが面白く、読書どころではなかったからだ。また、紙製の碁盤と碁石も持っていったが、これもほとんど使わなかった。揺れる船上で碁盤を凝視していると、気持ちが悪くなったから……。

船は、二月六日、香港に着き、一行は上陸して宿に泊まった。平山は香港の印象を「処々ニ砲台アリ、気候 甚《はなはだ》暖和、恰《あたか》モ春夏ノ交ノ如シ」と述べている。

翌七日、香港出港。十三日にはシンガポールに上陸し、ホテル泊。「新嘉坡《シンガポール》ハ土人支那人相《あい》半《なかば》ス。暑気甚酷ト雖《いえど》モ、毎日雨来ルコト一回」（昨夢録）。

シンガポールには三日間停泊し、十六日出港。後の様子は省略するが、ファーズ号が紅海を経てスエズ運河に入るのは三月十二日のことであり、十四日に運河を抜ける。ここから先は地中海を行くことになるのだが、「船、地中海ニ入ル。夜、雨。船の動揺甚シ」というように（同前）、待っていたのは荒天だった。

そして、目的地、オーストリアのトリエステ港に着いたのは、三月二十一日だった。横浜を出てから約五十日という所要日数はかかりすぎの感じもあるが、天候や船の大きさのせいだった。ファーズ号は、外航船としては小さいほうであったのだ。

長い航海を経てようやく辿り着いたトリエステの印象を、平山は次のように書いている。

二十一日　晴　午前墺国「トリエスト」ニ達《テ》ス。ソノ地山多シ、人家櫛比《しっぴ》（櫛の歯のように隙間なく並ぶこと。引用者注）、皆四、五層ナリ。大船巨船モ海岸ニ近接スルヲ得ヘク埠頭《ふとう》アリ、鉄道ニ連《つらな》ル。是 以《ここをもって》貨物ヲ上下《あげさげ》スルニハ舟ヲ用ヒス、直《じか》ニ汽車ヨリ大船ニ若《も》シクハ大船ヨリ汽車ニ移スヘシ。我船ノ至ルヤ、看《観》客来リ集ル、堵《かき》ノ如《ごと》シ。午後上陸、「デロルム」客舎ニ投ス。内外看客市《いち》ヲ成ス。本港ハ欧洲ノ地タルヲ以テ、嚮《さ》キニ経過セシ各地ト異リ、家屋広大、道路佳潔、汽燈如昼《ひるのごとし》。（昨夢録）

明治の頃の横浜港は、先端に常夜灯を設置した細長い二本の波止場が海に向かって突き出していて（通称、象の鼻）、船は沖合に停泊し、波止場との間は艀が行き来し、人や荷物を運んだものだ。ところが、トリエステ港では、大きな船でも埠頭に直接接岸できたし、埠頭には鉄路が伸びていた。それだけ見ても、欧州に追いつくのは容易でないと痛感できた。

また、「我船ノ至ルヤ看客来リ集ル堵ノ如シ」と言うように、日本人が物珍しかったか、見物人が押し寄せた。上陸して宿泊したホテルでも、

数十人ノ日本人カ乗リ込ンタノハ未曾有《みぞう》デアルカラ、旅館ノ前ハ見物人山ヲ為シ、出入《でいり》ニハ余リ見物サル、ノテ厭《いや》ニナツタ。悪意アル訳テハナク、只《ただ》珍ラシイノテアツタ。（昨夢録）

という有り様だった。どこへ行っても人だかりができてしまうので、平山は嫌になったと言

うのだが、儀助は別に嫌でもなくて、かえって面白がっていた。トリエステでも、いっそのこと羽織袴《はおりはかま》に身を包み、表通りを練り歩いてやろうと思ったほどだ。

しかし、遊んでいる暇はまったくなかった。万博は五月一日開幕予定で、残り時間は多くはなかった。万博会場に日本庭園をつくるという大仕事もあったから、急いでウィーンへ発つ必要があったのだ。トリエステに着いた翌日の晩、儀助ら四十人が汽車に乗り、先発隊としてウィーンへ向かう。翌朝には、一人を残して十九人がトリエステを後にした。午後七時の汽車で出発し、翌日の午後五時にウィーンへ到着したそうなので（昨夢録）、二十二時間かかったことになる。

ところで、トリエステとウィーンの間の鉄路には何か所かのトンネルがあり、壁面は煉瓦《れんが》造りで、なかなかよくできたトンネルだったが、思わぬ問題が起きたのだ。

展示品の中には、巨大な品がいくつかあった。お雇い外国人シーボルトの助言もあって、「巨大ノ物」を展示すれば、人目を引くと考えた。そこで、名古屋城の金鯱《きんのしゃちほこ》、東京谷中天王寺五重塔雛形《ひながた》（模型）、大太鼓、大提灯、そして鎌倉大仏の張り抜き（張り子）を持っていくことになったのだ。鎌倉大仏の張り子は和紙製で、野外に展示し、日本の紙は雨に濡れても大丈夫だと宣伝することにもなっていた。

だが、この張り子はあまりにも大きすぎるので（十五メートルの高さがあった）、そのままでは輸送に適さない。そこで、いくつかに切り分けたうえ、箱に詰めて輸送した。しかし、それでもやはり小さくはない。鉄路は無蓋車に載せて運んだろうが、トンネルを通過できるか、問題になってきたのであった。トンネルの入り口より大きいと、激突してそれまでだった。

幸い、詳しく調査したところ、トンネルは通過できるとなった。ところが、ウィーン到着後、思ってもみなかった事態が起こる。万博会場に搬入し、荷ほどきを行う時だった。人足が捨てた煙草の残り火が張り子の藁《わら》に燃え移り、大仏の一部が焼けたのである。そのため、万博では鎌倉大仏の頭部のみ屋内に飾ることになったのだ。これでは、濡れても丈夫な和紙の宣伝にはならないし、巨大な頭だけというのも無気味であった。平山も、「残念千万デアツタ」と書いている（昨夢録）。

万博会場は、ウィーン市内を流れるドナウ河畔のプラーター公園に設けられ、百八十三万平方メートルもの広さがあった。会期は、五月一日から十一月二日までの約半年間で、七百二十二万五千人の来場者数を記録した。もっとも、「虎疫《こえき》流行ノ風聞誇大ニ伝播セシ為、外人ノ観覧者ヲ減セシハ残念デアツタ」（昨夢録）と言うように、コレラ流行の風説が広まらなければ、来場者数はさらに増えたにちがいない。

儀助は、日本でウィーンの写真やイラストをかなりの枚数見たことがあり、ウィーンに着いても驚きなどはなかったが、万博会場に足を運んで、建物を見るや愕然《がくぜん》とした。円形ドームとしては当時世界最大だったロトゥンデ（直径百八メートル、高さ八十四メートル）の両翼（東西）に、展示場（パビリオン）が櫛《くし》形に配置され、長大な工場群を従えた宮殿のように見えたから……。その後ろ側（北側）にある機械館も、全長七百九十七メートル、幅四十八メートルと大規模だった。

日本の展示スペースは櫛状に並ぶ建物の向かって右端（東端）の部分であって、屋外には日本庭園も造営された。庭園の中には、鳥居、池、橋、神楽《かぐら》殿、神社、売店などがあり、芝を敷き、樹木も植えた。庭をつくり、神楽殿などを建てるため、一行の中には大工、屋根職人、経師屋、庭師が十人もいた。皇后エリーザベトも建築現場を訪れて、半纏《はんてん》を着た大工の鉋《かんな》仕事に興味を持った。そして、女官に命じて、丁寧に畳《たた》んだ鉋屑《かんなくず》を後生大事に持ち帰り、大工を喜ばせたものだった。

エリーザベトは、開幕後の五月五日にも、皇帝フランツ・ヨーゼフ一世と日本庭園を訪れた。この日は、皇帝による橋の渡り初《ぞ》めが行われ、端午《たんご》の節句であったので、鯉幟《こいのぼり》が立っていた。エリーザベトはそれを見て無邪気に笑っていたのだが、彼女は悲劇の妃《きさき》であった。後に、息子（皇太子）に自殺され、自身も一八九八年、旅先のジュネーブ、レマン湖畔で殺害された。イタリアの無政府主義者が犯人だった。

EXPOSITION UNIVERSELLE DE VIENNE（墺国博覧会）
（L'ILLUSTRATION, JOURNAL UNIVERSEL より）

五月一日、ウィーン万博開幕の日である。式典には、皇帝臨席の下、数万人が参加したという。

儀助にも、いよいよ出番がやって来た。「売方」としてウィーンへ派遣されたのに、開幕前は展示会場の設営作業や、商品の整理、陳列などを黙々と手伝うだけだった。だが、これで少しは面白くなってくるだろう。

日本の展示会場は、天井から吊《つる》された大提灯や、装飾用の紫の布、巨大な磁器が東洋の国日本を象徴し、特に人気が高かったのは、絹織物、刺繡、七宝《しっぽう》、鼈甲《べっこう》製品、漆器であった。鎌倉大仏の頭部の展示も珍しがられ、ウィーンの「新自由新聞」も、「鎌倉の大仏は美男ではないが、偉大である」と好意的な記事を載せている（ペーター・パンツァー、ユリア・クレイサ『ウィーンの日本』二一二頁）。緻密かつ壮麗な美術工芸品は、欧州人の日本観を一変させたと言ってよく、平山成信も、当時の様子を誇らしげに書いている。

当時ハ、欧洲人ハ日本人ハ支那ノ属国位《ぐらい》ニ考ヘテ居《お》リ、日本人ヲ見レハ小声テ支那人、支那人ト云《い》ヒ合ツタ位テアル。処《ところ》カ出品ヲ見レハ美術品、工芸品カラ農産物、水産物等ニ至ル迄《まで》中々《なかなか》立派テアルカラ、大《おおい》ニ驚イタノモ無理ハナイ。日本出品ノ評判一時ニ高クナリ、見物人カ盛《さかん》ニ日本部ニ押寄《おしよ》セ、従《したが》ッテ品物ノ売レ方モ甚《はなは》タ好ク、又各国ノ博物館モ種々日本品ヲ買ヒ入レ、又譲渡《ゆずりわた》シヲ希望シタモノモアリ、結局大抵処分済ニナリ、持帰《もちかえ》ツタノハ特別品ノ外殆《ほかほと》ント皆無テアツタ。（昨夢録）

「松尾儀助君伝」にも、

君等一行の始めて博覧会に臨《のぞ》むや、外人多くは未《いま》た嘗《かつ》て日本人を見さるを以《もっ》て、人々皆君等の身辺に蝟集《いしゅう》し、評語百出喃々《なんなん》喁々《ぎょうぎょう》（喋々喃々《ちょうちょうなんなん》。引用者注）、猶《な》ほ秋蝉の樹に咽《むせぶ》かことし。然《しかれ》とも日本の出品は大《おお》いに好評を博するを得たり。一老婆あり、曰《いわ》く、妾《わらわ》聞く日本ハ野蛮の国なりと。然とも今此《いまこの》美術工芸品等を見て其真《そのまこと》に然《しか》らさるを知れりと。

日本庭園内の売店は、客足の途切れることがなく、特に扇子《せんす》は飛ぶように売れ、あっという間に品切れだった。それほど盛況だったから、儀助達販売担当は、休む間もなく多忙を極めた。

万博会場には、国内はもとより国外からも大勢の人がやって来て、ドイツ語をはじめ、マジャール語（ハンガリー語）、イタリア語、フランス語など様々な言語が飛び交った。ところが、儀助は英語ができるだけ。よく接客できたと感心するが、はぐらかすのがうまかった。例えば、

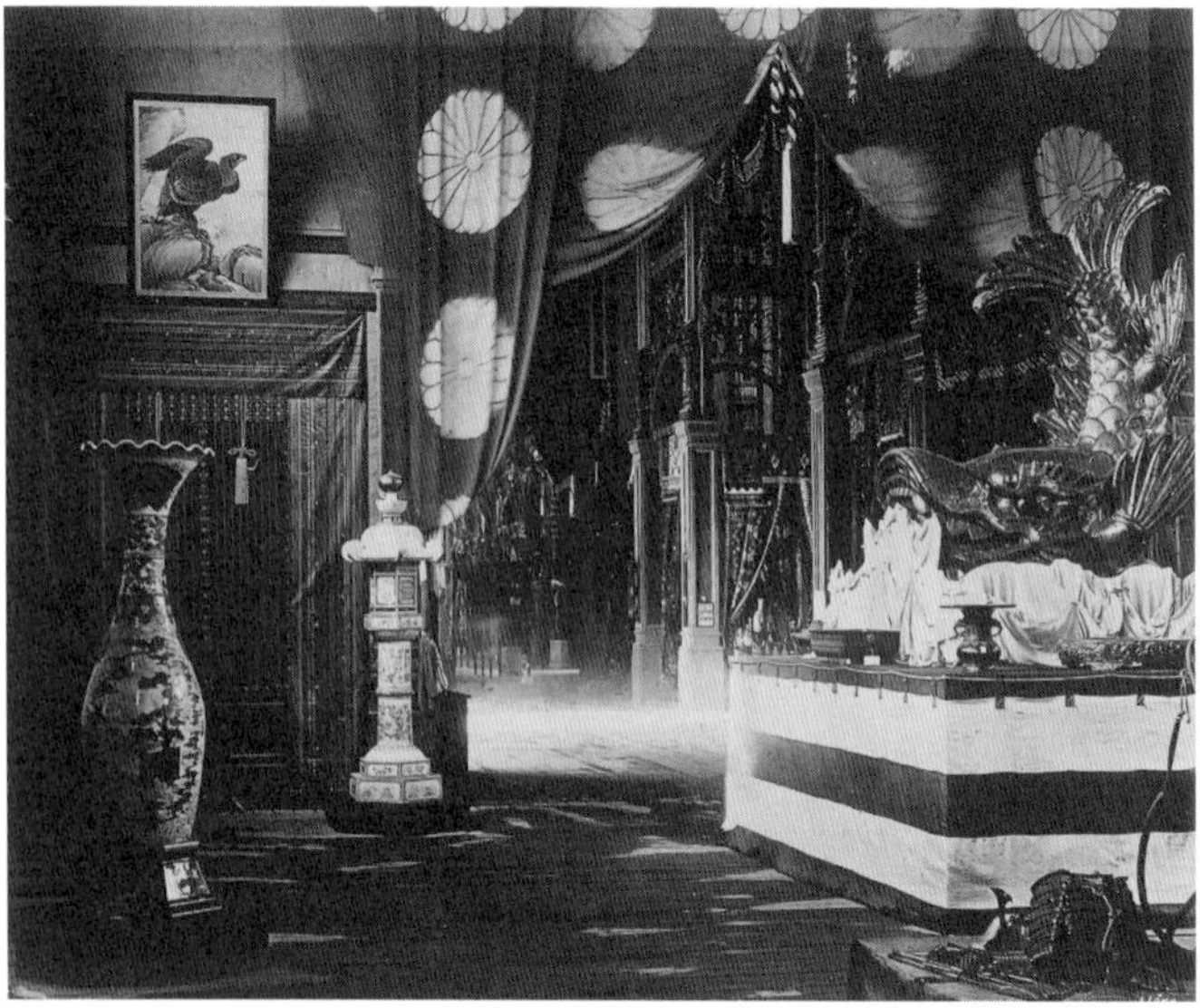

ウィーン万国博覧会日本館入口

フランス人から質問攻めにあったとしよう。儀助はもちろんフランス語などわからない。だから、開幕から間もない頃は、日本語で「知らない、知らない」と言いながら、頭を横に振っていた。そうすると、たいていの人は首をすくめて、聞くのをやめたものだった。

ただ、そればかりでも嫌になる。何とかの一つ覚えのようだから……。そこで、儀助は、別の方法を編み出した。「Russian, Only」（ロシア語だけ）と書いた紙切れを見せ、憐《あわ》れむように、頭を左右に振るのであった。俺はロシア語の達人なのだが、可哀相に、あんたには俺のロシア語がわからない——そんな意味を込めてのことで、もしも相手が恥じ入るような表情を見せたら大成功。鼻高々に無言で通し、優越感に浸るのだ。

ただし、この方法には欠点がある。ある日、例によって紙切れをちらつかせていたところ、大男が歩み寄ってきて、誰かを探しているようだった。すると、目の前にいた客の一人が彼を指差し、「Russian!」（ロシア人だ！）と小声で言うではないか。儀助は、あっと気がついた。このロシア人は誰かから、日本庭園の売店にロシア語の達人がいると聞きつけ会いに来た。まずい……。三十六計逃げるに如《し》かず。次の瞬間、儀助の姿は消えていた。

言葉が通じないのは不便であった。ある日、儀助は、肝煎《きもいり》大工松尾伊兵衛を伴って、小旅行を試みた。伊兵衛は佐賀出身で、儀助と同郷同姓だったから、何かと馬が合ったのだ。乗り物は馬車鉄道にした。馬車鉄道とは、馬車が軌道（線路）上を走る交通機関で、路上を走る普通の馬車より乗り心地がいいのでこれにした。

儀助の心づもりでは、馬車はあちらこちらをぐるりと巡り、最後は出発地点に戻るから、道に迷う心配がなく、言葉がだめでも安心だった。ところが、二人を乗せた馬車は、市の中心部から遠ざかっていく一方で、着いたのは人家もまばらな寂しいところ。そのうえ、御者《ぎょしゃ》は、二人を下ろすとどこかへ歩み去っていき、待てど暮らせど帰ってこない。

「儀助さん、ここはどこだい」

伊兵衛は心細くなってきた。儀助も不安であったが、虚勢を張って、

「大丈夫。御者が戻るのを待ちましょう」

だが、一時間経ち、二時間経っても、御者は戻ってこなかった。しかも、雨が近いのか、風が強くなってきた。儀助のシルクハットが吹き飛ばされて、「其往《そのゆ》く所を知らす」（松尾儀助君伝）というから、とうとう見つからずじまいであった。

そして、三時間が過ぎた頃には、儀助も青くなっていた。かといって、民家を訪ねる勇気もなかった。言葉がだめでは、怪しまれるのが落ちだったから……。

そうこうするうちに、近くの誰かが二人を見かけ、変な東洋人がいるぞと呼んだのか、巡査が二人やって来た。

「助かった！」

地獄に仏と、儀助は英語で一生懸命、自分達は道に迷った日本人で、ホテルへ連れていってほしいと言うのだが、ウィーンはドイツ語圏の都市だから、通じるはずがないのであった。だが、彼らに見捨てられたら、お仕舞いだ。儀助は「Japanese, Hotel!」と繰り返す。虚仮《こけ》の一念岩をも通すか、しばらく経って、彼らもようやく事情がわかった。儀助達、万博に派遣された日本人は、新聞に載るなど、ちょっとした有名人になっていたから、日本人とわかるや、巡査達は丁寧だった。別の馬車に同乗し、レオポルツシュタットのホテルまで送ってくれて、敬礼をして帰っていった。

儀助は、羽目《はめ》を外しすぎ、赤っ恥をかいたこともある。というのも、娼婦と一緒に散歩としゃれ込んだのはいいのだが、ウィーンの新聞に揶揄《やゆ》され、嘲笑された。これには、佐野常民も頭を抱え、譴責《けんせき》処分とあいなった。

だが、懲《こ》りない男であったから、娼婦がだめでも素人娘ならよかろうと、今度は某ホテル支配人令嬢に目をつけ、デートに誘う。覚えたての拙《つたな》いドイツ語で、二人で歌劇場へ行こうと口説いてみると、「ヤー」（はい）という答えが返ってきたので、飛び上がらんばかりに喜んだ。ウィーン宮廷歌劇場（現・ウィーン国立歌劇場）は、ウィーン万博の四年前、一八六九年にこけら落としを迎えたばかりで、人気のデートスポットだった。

ところが、儀助は、エスコート術がわからない。劇場の前で馬車を降りると、見よう見まねで令嬢の手を取り、紳士を気取るが、十歩も行かずにドレスの裾を踏んづけた。彼女は前につんのめり、儀助をきっと睨《にら》みつけた。周りの人達は、笑いをじっと押し殺し、またしくじるのを待っている。その後も、儀助は、観衆の期待通りに何度も裾を踏んづけて、笑いの渦となったのだ。いたたまれなくなった令嬢は、儀助の手を振り払い、踵《きびす》を返すと、馬車に飛び乗り帰っていった。

翌日、傷心の儀助は、万博会場隣のプラーター遊園地へ出かけていった。そこには日本の茶店が建っていて、和服姿の日本娘が茶などを振る舞っているという。娘達は全部で三人で、名前はつね、しま、ろくだ。年齢はそれぞれ、二十、十八、十七だった。そのほか、日本人の大工一人と旧幕臣という番頭もいて、経営者は横浜に住んだことがあるウィーンの名門男爵だった（『ウィーンの日本』二九～三〇頁）。

この茶店のことは、一行の間で前から話題になっていた。佐野常民ら事務局の上の人間は、何の断りもなく彼らが営業していることに、いたく怒っているという。だが、儀助は、ここらで気分一新と、物見遊山の気分であった。

茶店は、六～七部屋はあるだろう本格的な日本家屋で、中に入ろうとしていたら、番頭らしき男が飛び出してきて、

「旦那さん、博覧会の方でございましょう。よろしいんで？　何でも、上のお方が立腹されて、墺国博覧会事務方に文句をおつけになったとか」

茶店に来て咎められぬか、案じてくれているようだ。

「なに、上は上、下は下。かまわんから入れてくれ」

やはり、日本の家がしっくりくるな……入るなり、儀助はほっと一息ついた。畳の上にあぐらをかくと、ろくが茶を持ってきた。

「いや、茶はいいから、酒をくれ」

パリ万博（1867 年）で人気を博した３人の芸者（THE ILLUSTRATED LONDON NEWS, Nov.16, 1867 より）

燗酒《かんざけ》をついでくれたのは、最年長のつねだった。彼女は、キセルに刻み煙草を詰め込むと、一口吸って火をつけて、儀助にそっと手渡した。

「なるほど。佐野様達はこいつが気に入らんのだ。まるで遊女のようじゃから」

だが、儀助自身は、彼女らを偉いと思ったものだ。まだ二十そこそこの若い娘が故国を離れ、ここ欧州で体を張って生きている。旧幕臣が今では番頭というのも哀れであった。

慶応三年（一八六七）のパリ万博も、芸者が三人行っている。佐登、寿美、加弥の三人で、人気を博したものだった。ただ、彼女らは、幕府の一行の中にいた清水卯三郎《うさぶろう》に連れられ、パリへ渡ったものであり、閉幕後はとっとと帰国の途についた。それに比べて、

この娘達はどうだろう。何も不安はないのだろうか。何だか、ほろ苦い気分になってきて、

「達者でやれよ」

と一言言うと、つねに金貨を握らせて、番頭——伊藤常三郎というのだそうだ——に会釈し、店からそっと出ていった。

それから間もなく、茶店は店を閉じ、困り果てたのは、つね、しま、ろくだ。閉店理由は、経営が立ち行かなくなったとも、日本側の抗議によって閉鎖に追い込まれたとも言われるが、給金が支払われなくなったため、路頭に迷った三人は日本公使館へ駆け込んだ。三人を保護した公使館は、経営者と談判し、帰国の旅費を取り立てた。この時、公使も兼任していた佐野常民は、帰国を待つ間、何もしないのは無駄だから、何かの技術を伝習させたらよろしかろうと、手袋作りを学ばせた。「伯（佐野常民。引用者注）ノ勧業熱心ハ此《この》一事テモ分ルカト思フ」（昨夢録）。


岩倉使節団が日本を発ったのは、博覧会の前々年、明治四年（一八七一）のことだった。岩倉使節団とは、特命全権大使岩倉具視《いわくらともみ》以下、総勢約五十名からなる使節団で、米、英、仏、ベルギー、オランダ、独、露など十二か国を歴訪し、国書の奉呈、不平等条約改正のための予備

交渉を行ったほか、米欧諸国の調査、研究なども任務であった。使節団の中には、参議木戸孝允（途中で帰国）、大蔵卿大久保利通（途中で帰国）、工部大輔伊藤博文など維新政府の中心人物が含まれていて、大隈重信は日本に残り、留守を預かる役だった。

この使節団の墺国入りは、博覧会の最中だった明治六年（一八七三）六月三日で、博覧会場も視察した。

売店で儀助が客の相手をしていると、「儀助さん！」と、自分を呼ぶ声がする。見ると、久《く》米《め》邦武《くにたけ》が立っている。岩倉使節団の一員だった邦武は、旧佐賀藩士で、大隈重信と仲がよく、儀助も佐賀と長崎で何度か会った。

「儀助さん、やっと墺国へ来られたよ」

邦武は、天保十年（一八三九）の生まれで、儀助より二歳年下だった。そのためか、必ず儀助君とか儀助さんなどと言い、呼び捨てたりはしなかった。

邦武は、博覧会場でもとにかく多忙の一言だった。記録を残すためであり、帰国後、太政官少書記官として編修に当たった公式報告書が『特命全権大使米欧回覧実記』で、五編百巻の大部であった。その後は、修史館編修官を経て帝国大学教授兼史誌編纂委員に就任し、近代史学の確立に努めていたのだが、明治二十五年（一八九二）に発表した論文「神道は祭天の古俗」（『史学会雑誌』）が保守派や神道家を激怒させ、非職の処分を下された（久米事件）。明治三十二年（一八九九）以降は、大隈重信が創立した東京専門学校（後の早稲田大学）で国史と古文書の研究に専念し、日本古代史に関する多くの著作を残している。

ところで、特命全権大使岩倉具視は、日本を出てからすでに一年半以上が経っていて、日本食に飢えていた。そのため、ウィーン滞在中に、次の逸話を残していった（昨夢録）。

博覧会ノ連中ニハ通人モアリ、料理ノ上手ナ者モアッタカラ、日本料理ヲ拵《こしら》ヘテ岩倉公ニ献上シタ処《ところ》、公ハ大満足デ、或《あ》ル夜、晩餐会ニ招カレタトキ、日本料理ノ重箱ヲ隠シテ置カレタノニ、帰リテ見ラレタ処ガ、留守中ニ食ヒ尽《つく》シテ仕舞《しま》ッタノデ、大《おおい》ニ失望セラレ、再ビ拵ヘテ差上《さしあ》ゲ……

岩倉具視は、公卿出身の政治家で、お公家《くげ》さんがたかが食べ物で一喜一憂したとは、らしからぬ話で面白い。

気がつくと、いつの間にか十月だった。十月は秋の月であり、「冬月」あるいは「風の月」と呼ばれる十一月が到来すると、博覧会も閉幕となり、後は暗くて寒い冬の訪れを待つだけだった。

ウィーンはカフェの街であり、欧州のほかのどの都市よりもカフェが沢山あるという。儀助は、カフェで熱いコーヒーを飲みながら、高島嘉右衛門の言葉を思い出し、心穏やかではいられなかった。嘉右衛門は、「墺国で必ずや天職に巡り会う。それがあんたの天命」なのだと言っていた。だが、すでに十月。天職らしきものとも巡り会えずに、手ぶらで帰国することになりはしないか、心配になってきたのであった。

そんなある日、庭園内の売店に一人の英国紳士がやって来て、儀助に言うには、何でも彼はロンドンにあるアレクサンダー・パーク商会（Alexander Park & Company）の人間で、日本の庭と建築物に非常に興味があるという。彼は、売店の売れ筋商品や売上高を知りたがり、隠し立てしてもしかたがないので、ありのままを教えたところ、満足げに帰っていった。

それから何日か経った頃、売店に顔を出した佐野常民が、行きつけの料理屋があるのだが、ちょっとつき合わんかと儀助に言った。何かあるなと直感したが、近頃は品行方正だったし、叱られるようなこともしていない。安心して「ぜひ」と答えた。

「十一月も、もうすぐだ。そろそろ枯れ葉も舞うだろう。儀助、知っておるか。この国では十一月になると、死霊が跋扈《ばっこ》しだすと信じられておるそうだ。しかもだ……」

常民は、馬車の中で饒舌《じょうぜつ》だった。これほど饒舌な常民を、見た記憶がなかったほどだ。

料理屋は、Griechenbeisl《グリーヒェンバイスル》という名の古風な店で、中に入って見渡すと、暗がりの中に見知った顔があるので驚いた。田中芳男、塩田真、それに若井兼三郎の三人が、ワイングラスを片手に持って、談笑している最中だった。偶然か、それとも……と思った瞬間、常民が彼らに向かい、「いや、待たせたな」と声をかけた。常民は、三人とここで待ち合わせていたのであって、何事だろうかと訝った。

田中芳男と塩田真は、ともに一級事務官で、田中は「出品取調兼審査官」、塩田は「物品陳列及売捌兼審査官」としてウィーンに来ていた。また、田中は、幕府の蕃書調所《ばんしょしらべしょ》に出仕した後、慶応三年（一八六七）のパリ万博に派遣された経歴を持ち、一行の中では、常民とともに「万博通」で鳴らした人物だった。

一方、若井兼三郎は、東京松山町の道具商、漆器商であり、儀助同様、販売担当とされていた。だが、博覧会の出品物は主として政府が調達したが、それだけでは限りがあった。そこで、兼三郎が、自費で漆器や諸品を買い集め、手持ちの物と併せて万博会場に持ち込んで、展示、販売したのであった。出品目録を見てみると、彼の出品物は、漆器をはじめ、小簞笥《こだんす》から鎧《よろい》、馬具、鎖帷子《くさりかたびら》等々と、非常に多彩なものだった。

五人が揃うが、本題にはすぐに入らない。常民と儀助も、ウィーンの伝統料理という牛肉の煮込みなどをつまみつつ、ワインで喉を潤《うるお》した。そして、

「さて、松尾君と若井君、君達二人に考えてほしいことがあるんだが……」

こう切り出したのは塩田であった。

話によると、英国のアレクサンダー・パーク商会が、建物も含めた日本庭園一式を買い取りたいと言ってきた。日本庭園は、万博閉幕後、ロンドンに移設し、庭園内で日本の品を販売したい。また、それらの品の調達、製造、輸出については、自分達では行わず、日本の博覧会事務局に委託したいとも言ってきている。

「日本の物品をロンドン府で売るというので、話としては有難い。だが、考えてもみい。われらは政府の人間だ。一国の官吏が異国の私人と談判し、約定を結ぶはいかがなものか。だが、おぬしら二人は商人だ。商人が商うぶんには文句も出まい。どうだ、おぬしらがやってくれぬだろうか」

儀助は、英国紳士を思い出し、なるほどそうかと合点がいった。と同時に、脳裡に浮かんできたのはカンパニー（Company）という英語であった。カンパニーとは「会社」であるが、江戸時代の日本に「会社」は存在しなかった。そこで、幕末、福沢諭吉や渋沢栄一など海外からの帰国者は、カンパニーを「商人会社」「商社」などと翻訳し、日本で紹介したという。その後、明治に入ると、「立会結社」などを短く縮めた「会社」という新たな言葉がつくられた。儀助は言った。

「そうしますと、カンパニーと申しますか、会社を開けばよろしいわけで……」

「飲み込みが早いな。その通り。相手は、松尾儀助という個人ではなく、会社と約定を結ぶのでなければ納得しない。何としても会社を開かねばならんのだ」

会社法もなかった時代で、会社を設立してみても、もどきでしかなかったろうが、個人名義での取引は時代遅れになっていた。だが、先立つものは金である。金がなければ、商品を仕入れることすら不可能だ。けれども、資金については副総裁常民が、

此儀《このぎ》ハ御国産ノ繁殖輸出増加ノ基《もと》、就中《なかんずく》外国都府ノ商店ト条約取結ノ発端ニ付《つき》、万事御保護且《かつ》資本金ノ融通等モ被成下《なしくだされ》候《そうろう》……（博覧会事務局宛「御拝借願」明治七年戌九月十九日）

とお墨付きを出していた。要するに、何事につけ保護するし、資本金も融通しようというのであった。

「わかりました。やりましょう。松尾さんもいいですね」

兼三郎に促され、儀助も首を縦に振る。

儀助と兼三郎は、街中でワインを買い込むと、ホテルの自室に閉じ籠もり、詳細を詰めていったのだった。

そこでの話で、儀助が社長、兼三郎が副社長となったのは、人脈の関係からだった。儀助は、

参議大隈重信のほか佐野常民とも旧知であって、その人脈を生かすには、儀助が社長であるべきだった。

また、塩田によると、アレクサンダー・パーク商会は、何を送れといちいち注文しないので、博覧会に出品したような、珍重されて、飛ぶように売れる商品を日本側で見繕《みつくろ》い、送って寄越せと言っている。品質についても、日本側に、精粗を調べる義務がある。なかなか面倒な取引で、扱う商品の品揃え、安定的に仕入れる方法や、品質の維持、向上等々、相談すべきことは無数にあった。もっとも、これらについては、儀助よりも兼三郎のほうが経験豊かで、彼の話は儀助にとって学ぶべき部分も多かった。

翌日の明け方近く、兼三郎が、会社の名前がまだだったことに気がついた。会社名がなければ始まらないから、あれこれ案を出すのだが、酔いも手伝い、頭が朦朧《もうろう》としはじめた。とにかく、書くだけは書いておこうと、出てきた案を紙に書きつけ、お開きだった。

「起立工商会社」は、その時の案の一つであって、提案したのは、儀助か、それとも兼三郎か。実は、二人ともよく覚えておらず、一寝入りしてから眺めてみたら、これが一番だったので、「起立工商会社」になったのだ。「起立」は、奮起するという意味での「起《た》つ」であり、「会社」としたのは、新しさを示したかった。当時、日本に、○○会社という社名はまだなく、○○組、○○社などと称することが多かった。「会社」を社名に入れたのは、起立工商会社が初めてだった。後年、儀助自身もこの頃のことを振り返り、「日本に会社といふ名の起《おこ》つたは此《これ》が嚆矢《こうし》」と誇らしげに述懐するのであった。

会社の正式な設立は、ウィーン万博の翌年であり、明治七年（一八七四）十一月三日が開社日だった。この日は天長節《てんちょうせつ》（天皇誕生日）であり、祝賀の意味もあったろう。

しかし、博覧会の閉幕前に、アレクサンダー・パーク商会などとの商談がすでに進んでいたのであって、起立工商会社は実際は、明治六年（一八七三）、墺国の首都ウィーンにおいて産《うぶ》声《ごえ》を上げたと言うべきだ。嘉右衛門が「墺国で必ずや天職に巡り会う。それがあんたの天命」と言ったのは、易占の結果であったろう。儀助は、それが的中したのだと思わずにはいられなかった。

それにしても、常民達は、なぜ儀助と兼三郎に白羽の矢を立てたのか。儀助の場合は、長崎で茶業を営み、外国人への売り込みを図った経験もあり、一行の中では最も適任だったろう。また、常民からするならば、同郷のよしみもあっただろうし、元右衛門への罪滅ぼしでもあったのだ。

一方、兼三郎に関しては、大量の自己販売物を持ち込んで、売りに売った行動力が認められたにちがいない。それに、美術、工芸の知識も豊富であって、道具商と言うよりも美術商と呼ぶのが相応しかった。

若井兼三郎は、この後、副社長を足かけ十年にわたって勤め上げ、明治十五年（一八八二）に会社を去った。在職中は、「作品の制作、選定と売買にいたるすべてを一人取り仕切る立場」（瀬木慎一「林忠正と三人の重要人物」『林忠正　ジャポニスムと文化交流』）にあって、儀助と並ぶもう一人の立役者であったのは疑いようのない事実であった。

ところが、兼三郎については儀助以上に資料が乏しく、彼が眠る東京、谷中霊園の若井家墓地も、今では縁故者がいないとの理由によって、無縁仏にされる恐れがあるという（同前）。

資料が数少ない中で、彫刻家高村光雲の『幕末維新懐古談』だけは、兼三郎についてのまとまった記述を載せており、兼三郎の人柄がわかるものとなっている。

時は明治二十一年（一八八八）、舞台は東京。『幕末維新懐古談』に収められた、「鶏の製作を引き受けたはなし」、「矮鶏《ちゃぼ》の製作に取り掛かったこと」、「矮鶏の作が計らず展覧会に出品されたいきさつ」、「聖上行幸当日のはなし」、「叡覧後の矮鶏のはなし」によるならば（青空文庫版）、

その頃、京橋南鍋町《みなみなべちょう》に若井兼三郎俗に近兼《きんかね》という道具商があった。この人は同業仲間でも好《い》い顔で、高等品を取り扱い、道具商とはいいながら、一種の見識を備えた人であった。またその頃、築地に起立工商会社という美術貿易の商会があって、これは政府の補助

を受けなかなか旺《さか》んにやっておった。社長は松尾儀助氏で、右の若井兼三郎氏は重役といった所で、まあ松尾氏の番頭さんのような格でありました。この若井氏から私が鶏の彫刻を委嘱《たのま》れたのであった。

光雲の話によると、兼三郎は「頭の禿《は》げた年輩な人で、江戸ッ児《こ》のちゃきちゃきという柄」の人だった。起立工商会社を辞めてから六年余りが経っていたが、「重役」「番頭」と見られたように、儀助および起立工商会社との関係は、辞職後も切れていなかった。

兼三郎が木彫りの鶏を注文したのは、翌明治二十二年のパリ万博へ出品するためだった。パリに美術店を出しているから、出品しないわけにはいかないのだが、並のものを出品すると、店の看板に傷がつき、営業に障《さわ》る恐れがあった。

それゆえ、今回の出品は、ただただ店を守るためであり、算盤尽《そろばんず》くでなく、傑《い》いものばかりを選り抜いて、やんやと言わせる算段なのであるという。そこで、当代の名匠に、蒔絵《まきえ》、磁器、彫金、牙彫などを注文し、出来上がってきた作品もあり、だいぶ目鼻がついてきた。ところが、木彫りだけはまだだった。そこで、木彫りは光雲にぜひ拵《こしら》えてもらいたいと言うのであった。

また、趣向を凝らすため、すべての作品が題材を日本の鳥にとっていて、鷹《たか》、雉子《きじ》、鴛鴦《おしどり》、鶴《つる》、鶉《うずら》などは他の人がすでに手がけているという。光雲が、それならば矮鶏《ちゃぼ》はどうかと提案すると、兼三郎は、「それはどうもおもしろい。それは名案だ。一つやって下さい」と乗ってきた。そして、兼三郎の家を出て、帰宅の途に就く光雲に、「これで材料でも買って下さい。また入用があったら何時でも差し上げます」と言いながら、紙包みを手渡した。中身は金で、五十円。当時としては大金で、心打たれた光雲は、

仕事の前にこれだけのことをするはその人の気性《きしょう》にもよりますが、製作を要求した同氏の心持《こころもち》が察せられますので、私も充分に力を入れようと思ったことであった。

翌年の一月に横浜を出港する郵船が、出品物を輸送する最後の船便だったから、締め切りは年内いっぱいだった。ところが、光雲の仕事は遅れに遅れ、暮れになっても荒彫りができただけだった。そこで、大晦日《おおみそか》の晩に光雲は、手付けの五十円と風呂敷にくるんだ荒彫りの矮鶏を持ち、兼三郎の家を訪ねていった。

「その後はどうしました？　時に、お願いしてあった鶏はできましたか」

と尋ねる兼三郎。光雲が遅れを詫びるとともに、手付けの返却を申し出て、「お約束を無にしたのは私が悪いのです」と話す間、兼三郎は不機嫌そうだった。ところが、

「それはそれとして、まずはその荒彫りを見せていただきましょう」

と言い、荒彫りを見るや否や、機嫌を直し、

「どうも、これは面白い。これはよくできました」

と言うのであった。そして、船便にはもう間に合わないが、完成したら頂戴するし、手付けも返す必要はないと光雲に言い、光雲はまたも心を打たれ、「とにかく、私には好い気持な人だという感を与えてくれました」と述べている。

木彫りの矮鶏が仕上がったのは、翌明治二十二年（一八八九）四月であった。ここで、本来ならば兼三郎に引き渡されるはずだった。ところが、ひょんなことから、日本美術協会の展覧会に出品させられ、最後は天皇の手に渡る。

日本美術協会は、龍池会《りゅうちかい》の後身であり、龍池会が明治二十年（一八八七）に日本美術協会と名を改めた。

佐野常民が会頭となり、龍池会が結成されたのは、明治十二年（一八七九）のことだった。龍池会とは、曰《いわ》く因縁のありそうな会名なのだが、上野不忍池の天龍山生池院で会合を開いたために龍池会と名づけただけだった。

この会の設立目的は、日本美術の保護、振興であり、日本の古美術は、明治維新後、欧化政策により毀損が激しくなっていた。一方で、ウィーン万博以来、日本の美術工芸品が欧米で多大な人気を博し、ジャポニスム（日本趣味）の隆盛が見られるようになっていた。そこで、日

本美術の保護のほか、輸出を前提にした振興が急務となっていたのであった。

龍池会の会員には、実業家河瀬秀治《かわせひではる》や、帝国博物館（現・国立博物館）初代総長として知られる九鬼隆一のほか、ウィーン万博で事務官を務めた塩田真など大蔵、内務官僚の名前も見える。そして、儀助や若井兼三郎も当初から会員だったから、この会の性質がよくわかる。佐野常民は亡くなるまでこの会の会頭を務めたが、明治二十年、有栖川宮熾仁《ありすがわのみやたるひと》親王を総裁に戴き、それを機に日本美術協会と改称された。

さて、光雲の木彫りの矮鶏は、会頭佐野常民が身を乗り出して、「これはどうも傑作だ」と唸《うな》るほどの出来だった（佐野はこの前々年に博愛社を日本赤十字社と改称し、その初代社長に就いたばかりの時だった）。そのため、協会の幹部は展覧会への出品を促すが、光雲は、兼三郎への義理を重んじ、勝手に出品できないと言い張った。兼三郎の同意があればいいのだが、折悪しく上方へ旅行に出ていて、連絡がつかなくなっていた。

だが、それでも協会側は諦めない。皇族を総裁に戴くぐらいだったから、皇室と密接な関係を持っていて、展覧会には明治天皇が行幸するという。だが、天覧に値するめぼしい作は、七宝家濤川惣助《なみかわそうすけ》（後、帝室技芸員）の無線七宝の花瓶と光雲の木彫りぐらいのものだった。そこで、作品は天覧にのみ供することとし、天皇が還御《かんぎょ》したら（帰ったら）、引き取ってくれていいということで、天皇だけが見るわけで、それならばかまわないだろうとの意味だった。しかも、兼三郎のことについても協会が責任を負うと言うのであった。こうなれば、光雲もさすがにこれ以上は断れない。そこで、協会にすべてを一任することにしたのであった。

ところが、天覧後、別の問題が持ち上がる。見ると、足音を立てまいとして、塩田真が摺《す》り足で右往左往しながら何かを探す様子であった。そして、光雲を見つけると、慌ただしく手招きで呼び、

「君、あの矮鶏はおよそ幾日ぐらいでできますか。あれは、もう一つ同じものができますまいか」

と言うのであった。光雲は、

「もう一つ同じものはできません。丸一年も精根《せいこん》をからしてやったものです。もう一度同じようなものを気息《いき》をくさくしてやる気はありません」

と返事した。すると、塩田は、

「どうも始末が悪いな。困ったな。……実は君の矮鶏が聖上のお目に留まったのだ」

木彫りの矮鶏が明治天皇のお気に召し、欲しいと言われたわけである。光雲は、そんなことはおかまいなしに、作品を持って帰ろうと会場の中へ入っていくと、佐野会頭以下、儀助ら幹部連中が立っていて、「ちょっと待って下さい」と言うのであった。そして、儀助は光雲に、次のように言うのであった。

「先ほど、塩田氏がちょっとお話したことでしょうが、あなたの矮鶏が聖上のお目に留まり、御用品に遊ばさる旨仰《おお》せ出されたにつき、当会の光栄この上もないこととお受けをいたしました。それで、この件は松尾がすべての責任を引き受け、若井とあなたとの間のことは十分な解決をつけますから、どうかそのおつもりに願う。何しろ、本会無上の光栄で、あなたにとっても名誉この上ないことである」

儀助はこの時五十三歳で、さすがに落ち着いた物言いだった。結局、矮鶏は明治天皇のものとなり、宮内省お買い上げという下げ札をつけ、一般にも公開された。

その後、兼三郎が上方から帰ってくると、約束どおり、儀助が光雲に代わって事情を説明したのであった。儀助は彼にどう言ったのか。明治天皇に木彫りの矮鶏を説明する時、儀助は光雲のみならず、兼三郎にも言及したという。つまり、かかる傑作は、作家の丹精はもとよりなれど、援助、奨励する厚意がなければ得ることは困難なのだと、兼三郎の陰の貢献を天皇に披《ひ》瀝《れき》したのであった。それを聞くと、兼三郎は、

「そういう訳でありましたか。それは私も無上の光栄。文句をいう所ではありません。目出たいことであった」とそこは物分りの早い江戸ッ児の若井氏、さらりとしたもので、私に向っても祝意を述べなどされ、この事件は美しく解決されることでありました（松尾氏

は御説明を申し上げた時、濤川惣助氏の無線七宝も、フランス人の頼みで、日本に無線七宝がまだ出来ていないということは日本の技術の上の名誉に関するというので、同氏は非常に努力され、またフランス人は費用を惜しまず、作家を援助したことをも申し上げ、共に美術界には奨励の必要ということを奏し上げたとの事を私は承《うけたまわ》りました）。

木彫りの代価は百円で、宮内省から協会へ支払われ、兼三郎に渡された。

その四〜五日後、兼三郎が突然、光雲の谷中茶屋町の自宅を訪ね、

「今度は、どうもおめでたかった。ともども名誉のことであった。ついては、宮内省より百円お下げになったから、その金を君に持参した。まあ、赤飯でも炊いて祝って下さい」

と言うではないか。光雲は、

「それは、毎々《まいまい》お志《こころざし》ありがとうございます。しかし、私は、前すでに十分いただいております。これはお返しします」

と断った。すると、兼三郎は、

「そうですか。よろしい。では、そうしましょう」

と、まことにあっさりしたものだった。

そのさらに五〜六日後、儀助から光雲に、招待状が届けられた。「拙宅《せったく》にて夕餐《ゆうさん》を差し上げ

たく御枉駕《おうが》云々」との内容である。出かけていくと、饗宴の準備がされている。儀助と兼三郎が主人役。客は、佐野会頭はじめ協会の幹部や審査員が一人残らず集まっている。光雲は、会頭に次ぐ正客として遇された。

儀助が、今夕《こんせき》は高村光雲氏が無上の光栄を得られたことの祝宴であると挨拶し、大宴会が始まった。吉原からも選り抜きの芸妓が大勢来ていて、儀助と兼三郎が得意の一中節《いっちゅうぶし》（浄瑠璃）を語るなど、陽気な一夜が過ぎていく……。

長くなったが、この逸話は非常に面白い。

そもそも、ウィーン万博からすでに十五年経っているのだが、当時の人脈が美術という世界の中にそのまま継承されている。ウィーン万博はその意味で、明治日本美術の原点の一つであったのだ。

また、儀助や兼三郎といった人々の人柄がよく表れていそうな話であった。特に、兼三郎は、無欲恬淡《てんたん》、名利《みょうり》を求めぬ人だった。一方、儀助は、この逸話の中では、光雲と兼三郎への説得役を務めている。しかも、単に押しきったりするのではなく、光雲と兼三郎の名誉を重んじ、その功労の顕彰を忘れなかった。この頃には、大人《たいじん》の風格をそれなりに備えていたのであった。

もっとも、最後は兼三郎と二人で一中節を披露とあるように、軽妙洒脱な面も兼ね備え、やはり根っこは商人《あきんど》と言うべきなのである。

最後に、一つ付け加えておくならば、前にも触れたが、若井兼三郎は明治十五年（一八八二）に起立工商会社を辞めている。瀬木慎一「林忠正と三人の重要人物」は、辞職前後の模様について次のように書いている。

明治十一年のパリ万国博の時に、支店が設けられると、自ら、その運営に当たり、通訳として雇った才人の林忠正を専門的に育成して、自国の美術品の普及に努める。間もなく、この師弟は会社を離れて、共同で活動し、あの猛然とした「日本ブーム」の火付け役となる。近年、この林の評価がとみに高まるに付随して、若井の名前も時折出るようになったが、ゴンクール兄弟のような最初の熱烈な愛好家と最初に接触したのは若井であり、その基礎を大いに発展させたのが林だった。林が完全に自立してからは、東京に戻り、一人の美術商として営業した。

明治十五年（一八八二）一月二十六日、仏船タナイス号が横浜港に入港したが、記録を見ると、「若井夫妻」がこの船で日本に帰国した。兼三郎が起立工商会社を辞職した年であり、帰国して儀助に辞意を伝えたものか。また、この年の十月二十八日に、今度は「K・若井」という人物がメンザレー号に乗船し、渡仏したことがわかっている。兼三郎は妻を東京に残して、単身パリへ向かったのだ。そうして、彼は欧州で、日本ブーム《ジャポニスム》に火をつけた。その時の相棒が、林忠正だったのだ。忠正は、美術商としてパリで活躍し、浮世絵などの日本美術を普及させ、執筆を通した啓蒙にも努めた人である。

ところで、起立工商会社には、山城屋和助（本名、野村三千三《みちぞう》）がいたとかいう話もあるのだが、とんだ間違いだとしか言いようがない。

長州藩奇兵隊の出身で、陸軍省の御用商人であった山城屋は、同じく奇兵隊出身の山県有朋《やまがたありとも》（兵部大輔、のち陸軍大輔）とよしみを通じ、陸軍省の公金約六十五万円を無担保で不正に借り受けた。だが、この金をつかってパリで豪遊していることが外務省の知るところとなり、不正が発覚。司法卿江藤新平が調査に乗り出そうとした矢先、山城屋は山県から公金の返済を求められたが、返すことができないうえに、山県に面会を拒絶され、陸軍省で割腹自殺を遂げたのだ。また、その時に帳簿などの証拠書類が焼却されてしまったために、山県の関与を含め、事件の真相は闇に葬られることになる。明治初めの疑獄事件として有名な「山城屋事件」の顚末《てんまつ》である。

山城屋和助が割腹したのは、明治五年（一八七二）十一月のことだった。ウィーン万博の前年で、起立工商会社の影も形もなかった時だ。山城屋が起立工商会社の社員だったとするのは、荒唐無稽《こうとうむけい》としか言いようがなく、あるはずのないことだった。

第十章　起立工商会社、ニューヨーク一番乗り

明治七年（一八七四）〜、パリ・東京

博覧会の副総裁であった佐野常民は、伊墺（イタリア、オーストリア）弁理公使も兼ねていた。そのため、ウィーン万博が閉幕すると、翌明治七年（一八七四）一月、ウィーンからローマへ旅だった。そのほかの者達も、ある者達は帰国の途に就いていき、ある者達は技術を伝習するため欧州各地へ散っていった。

だが、儀助には、大仕事が一つ残っていた。それは、野中元右衛門の墓へ参るため、パリに立ち寄ることだった。元右衛門が没してから六年の歳月が過ぎており、墓の様子も気になっていた。

兼三郎と別れ、単身パリへ向かった儀助は、野中家に宛てた書簡の中に「ハリース《（パリ）》在勤副ミニストール《（公使）》中野君に御願致置候《おねがいいたしおきそうろう》……」などと記したように、現地では公使館の助けを借りながら行動していたようである。

そして、明治七年（一八七四）一月だった。寒い冬の一日、ペール・ラシェーズ墓地を訪ねていって、元右衛門の墓を探し当てると、儀助は我が目を疑った。墓石は欠け、ひびが入り、倒れたままになっていた。

「たった六年しか経っていないのに、この荒れ果てようはいったい何事だ……」

付き添ってくれていた公使付き通弁の話では、明治四年（一八七一）というから、ついこの間のことだった。普仏戦争に敗れたフランス、パリで労働者らが武装蜂起し、政府に代わるパリ・コミューンを樹立した。だが、労働者の政権はわずか七十二日間と短命で、最後はプロイセン軍の支援を受けた政府軍と市街地で死闘を繰り広げ（血の一週間）、二万五千人以上が虐殺された。その最後の抵抗の地がペール・ラシェーズ墓地だったから、そのとばっちりを受けていたのであった。これでは、元右衛門も安らかに眠るどころではなかったはずだ。儀助は、

「お気の毒に……」

と呟き、手を合わす。

儀助は、再建した墓石の両面に、次の文字を刻ませた。

慶応三年丁卯年　大日本肥前野中元右衛門之墓　五月十二日（表面）
日本元輔野中之墓　西暦千八百六十七年五月十二日　二千五百三十四年一月　日再建
松尾儀助（裏面）

二千五百三十四年とあるのは皇紀であった。再建の日付が抜けているが、ご愛敬といったと

ペール・ラシェーズ墓地にある野中元右衛門の墓

ころだろうか。「日本元輔」の「元輔」は、意味がよくわからない。イタリア人に刻ませたため、間違いがあったということか。

パリを経たため、儀助の帰国は、明治七年三月にまでずれ込んだ。この頃、伊豆半島の沖合で大惨事が持ち上がる。儀助がこれに巻き込まれなかったのは幸いだった。

大惨事とは、明治七年三月二十日、フランス郵船会社のニール号が南伊豆沖で嵐に遭って、あえなく沈没したのであった。乗組員など九十余名が犠牲となって、犠牲者の中には日本人吉田忠七が含まれていた。彼は、フランスのリヨンで織物技術を伝習した後、日本へ帰る途中であった。また、船には、日本へ里帰りするはずだったウィーン万博への出展品百九十三梱が積まれていたが、これらも船体もろとも海中へ没することとなる。

荷物の中には、正倉院の御物や源頼朝の太刀など国宝級の品が多くあり、名古屋城の金鯱も遭難したかと心配されたが、これは難を免れた。出展品は、トリエステ港からスエズ運河入り口のポート・サイドまで運ばれた後、香港まで海送されて、ここでいったん陸揚げし、ニール号に積み替えた。だが、金鯱はあまりにも重量があったので、ポート・サイドで船積みしきれず、別の船で香港へ輸送することになり、おかげで、海没せずに済んだのだ。

後に、海没した荷物の一部は引き揚げられた。なかでも漆器は、長く海中にあったのに、無傷なまま引き揚げられて、図らずも品質の高さの証《あかし》となった（東京国立博物館蔵）。だが、二十一世紀に入った今日も多くの荷物が海底で眠ったままであり、引き揚げが検討されている。

さて、帰国した儀助を神田錦町の自宅で待っていたのは、生後九か月になる三女のともだった。儀助がウィーン滞在中の前年七月、リヤはともを出産し、ウィーンへ手紙が届いていたので、生まれたことは知っていた。だが、ともの顔を見ていると、不思議な気分になるのであった。ウィーンそしてパリでの日々は一場《いちじょう》の春夢《しゅんむ》にすぎないもので、目が覚めたら東京にいて、我が子の顔を見ているような……。

だが、すべては現実だった。東京へ戻るや、兼三郎と二人三脚で、起立工商会社立ち上げのため、休む間もなく駆けずり回る日々が始まった。

まずは、社屋をどうするか。初めは、銀座尾張町（現・銀座四丁目）の近辺で手頃な空き家を探したが、いい物件が見当たらなかった。そこで、銀座竹川町十六番地（現・銀座七丁目）で、間口四間の建物と、それに隣接する間口三間の建物の払い下げを受けたのだ。「一坪七十一円余の一等煉瓦《れんが》地」であったというから（「西尾卓郎翁の談話」。西尾卓郎＝西尾喜三郎は起立工商会社の古参の社員）、初めから贅《ぜい》を尽くした会社であった（本社は明治十年＝一八七七年に、東京府京橋区木挽町六丁目に移転）。

また、最大の問題は資金であった。これについては、博覧会事務局に宛てた、儀助、兼三郎連名の明治七年戊《いぬ》九月十九日付「御拝借願」が残っている（早稲田大学図書館蔵）。

これによると、起立工商会社の社名はないが、儀助らがアレクサンダー・パーク商会やウィーンの茶商タラオとの取引に至る経緯を説明してから、商品の仕入れなどに充てる金として資本用金三万円の拝借を博覧会事務局に願い出ている。

しかし、結局、国からの資本の提供は難しく、資金は、自己資金と三井組の大番頭三野村《みのむら》利左衛門からの借り入れで賄うことに落ち着いた。また、三野村にしても、貸すからには保証人がなくてはならないが、これについては博覧会事務局が保証を引き受け、間接的ながらも国が貸し付けたような形になった。儀助らの地位はと言うと、一言で言えば、博覧会事務局御用商人なのであり、事実、三井組への「借用金証書」でも「博覧会事務局御用達　若井兼三郎　松尾儀助」と書いてある。

もっとも、儀助と兼三郎の二人は、外部からの資金援助がある前に、ありったけの自己資金をつぎ込んで、業務を始めていたようだ。「西尾卓郎翁の談話」にも、

> 明治七年の春帰朝と同時に、早速《さっそく》仕入《しいれ》をして荷解きをする、荷造りをする、それは浅草の蔵前に御蔵と地面とを借りて、バラック同様の平屋を建て、使用した。又其《またそ》の工場では陶磁器の絵付をする画師が十七、八人から廿人《にじゅうにん》許《ばか》りで服部杏甫《圃》と云《い》ふ陶器画師が頭取で、東京絵付と称し、花瓶が主なるもので有《あ》つた。曾我徳丸《そがとくまる》と、松本芳延《まつもとよしのぶ》とは杏甫《圃》の下で

殊に上手の画付師であつた。徳丸は人物鳥類を特意《とくい》とし、芳延は細密花鳥が得手《えて》であつた。そこで陶器の白素地は尾州産のものを用ゐた、然《しか》し是《これ》はあまり沢山出来過ぎて困つた。其《そ》れ故《ゆえ》二、三年で止めて、後に瓢地園《ひょうちえん》の河原徳立《かわはらのりたつ》と濤川《なみかわ》（七宝家濤川惣助か。引用者注）に注文して品物を造つて貰《もら》つた。

とある。服部杏圃《はっとりきょうほ》は、維新後、鍋島閑叟の命により肥前有田で画法を伝授し、ウィーン万博へも行っている。そのほか、曾我徳丸も、万博出品作品の絵付けをしたことがあったなど、万博繋《つな》がりの人脈が目立つものとなっている。

また、ここで注目すべきは、起立工商会社は、品物を右から左へ動かすだけの会社ではなかったことである。つまり、仕入れてきた完成品を海外へ輸出するだけではなくて、美術工芸品の製作にも携わり、一時期は、京橋区木挽町裏通りに第一製造所、築地二丁目本願寺裏に第二製造所を持っていた（先の西尾卓郎翁＝西尾喜三郎は第一製造所掛長）。そこで働いていた人々の職種を見ると、蒔絵師から銅器、金属彫刻、刺繍職人、木地指物師《きじさしものし》、塗師《ぬし》など様々だった。

しかし、何人ぐらいが雇われていたのか、確かな記録が残っていない。ただ、明治十五年（一八八二）に、米国から帰朝していたニューヨーク支店長八戸欽三郎の発案で、芝紅葉山の超高級料亭紅葉館《こうようかん》で会社の新年会を開いた時に、参加者は全部で八十余人、うち職工は六十余人であったのだ。政財界人御用達の高級料亭でドンチャン騒ぎを繰り広げ、生酔い（泥酔者）を人力車に乗せて帰すのが大変だったたそうである。

なお、製造所では、完成品を一からつくるだけではなくて、先ほどの引用文にもあるように、半製品を仕入れてそれに絵付けなどを施して、完成させる場合もあった。さらに、製造所には属さない個人営業の職人達に、原材料を供給し、作品を指示した通りにつくらせて、完成品を回収してくる仕組みもあった。維新後、美術工芸品は市場が狭まりつつあったから、起立工商会社のこの種の手法は、職人達にとってみるなら、まさに旱天《かんてん》の慈雨《じう》だった。

それとともに、儀助および兼三郎には、製作を丸投げしないことにより、品質の維持、向上を実現するとの狙いもあった。まさに阿吽《あうん》の呼吸と言うべきで、こうしたことに関しては、二人の間に意見の相違は見られなかった。妙《たえ》なる天の配剤だったのだ。

品質の維持、向上に対する執拗《しつよう》なまでのこだわりは、次の逸話によっても明らかだ。

明治十一年（一八七八）、東京商法会議所（初代会頭渋沢栄一。現・東京商工会議所）が発足すると、儀助はこれの会員となり、工業事務委員、外国貿易事務委員などに就いている。ちなみに、外国貿易事務委員五名の名前を見てみると、儀助のほか、益田孝（実業家、三井の大番頭）、大倉喜八郎（大倉財閥創始者）、丹羽雄九郎（貿易商）、原六郎（銀行家、実業家）というように錚々《そうそう》たる顔ぶれだった。儀助もこの頃には、自他ともに認める経済人の一人となっていたのであった。

それはともかく、会議所の工業事務委員となった儀助は、明治十三年（一八八〇）に、渋沢栄一、大倉喜八郎、益田孝ら二十人が出席した定式会で、ある建議を行った。

その内容をかいつまんで言うならば、近年、職工師弟間の契約が十分でないことにより、あるいは目前の小利を貪《むさぼ》る風潮があるために、年季が過ぎていないのに師家を去る徒弟がいる一方で、弟子への秘術要訣《ようけつ》の伝授を憚《はばか》る師まで現れた。そのため、今では良工が乏しくなったし、粗悪品が増えている。この解決策として、新たに制定する法により、維新以前の徒弟制度の復活を図るべきだと主張した。

儀助の主張は、一部修正の上、会頭渋沢栄一名で、大蔵卿佐野常民と内務卿松方正義に建議をされた。旧来の徒弟制度の復活は、時代の流れに逆行していて、封建的な感じが否めない。だが、考えてみると、明治十三年の時点では、良工の減少と粗悪品の増加を食い止める唯一の策であったのだ。儀助の現実主義的側面と粗製濫造への深い嫌悪を物語る恰好の逸話であるだろう。

起立工商会社にとって最初の大仕事は、明治八年（一八七五）、オーストラリアのメルボルンで開催されたヴィクトリア植民地博覧会への出品だった（当時、オーストラリアは英国から未独立)。これを皮切りに、起立工商会社はこの後も万国博や博覧会に次々に出ていくことになる。

ヴィクトリア植民地博覧会参同のため、起立工商会社からは原口太助、西尾喜三郎の両名がフランス郵船オルカー号でオーストラリアへ渡航した。出展すると、名古屋にある七宝会社の品物が飛ぶように売れて、売り切れた。ところが、「松尾儀助君伝」によるならば、起立工商会社の貨物で売れたのは十分の一にすぎなかった。

会期は三ヶ月、十二月初めに残品をまとめて、往航と同じ顔ぶれで帰朝の途に就いた。帰航中難船のうき目にあひ、九年の二月にやうやう本国の土を踏んだ……(西尾卓郎翁の談話)

難船とあるが、難破を防ぐため積み荷を海へ投棄した。だが、保険をかけてあったので、「禍《か》を転じて福と為《な》し、僅《わずか》に博覧会の損失を償《つな》ふを得たり」(松尾儀助君伝)。前にも触れたが、ウィーン万博から日本へ戻る出品物に保険をかけていなかった。そのことが教訓として生きた結果であった。それもあり、ヴィクトリア植民地博覧会への出品が不振であったにもかかわらず、儀助は相変わらず鷹揚《おうよう》で、帰国したばかりの原口、西尾に、蕎麦屋で酒をつぎながら、

「さんざんな目に遭わせてすまなかったが、ついこの間まで英国の流刑地だった豪州は、我らの目指す本丸でない。目指すは欧州と米国だ。知ってのとおり、独立百周年の米国で、この五月からフィラデルフィア万博が開かれる。こき使ってすまんが、準備を頼む。だから、今晩はここでたらふく飲んで、明日からは仕事一本だ。さあ、飲んで、飲んで。おーい、そこのお女中、金に糸目はつけんから、うまい肴をありったけここへ持ってこい！」

また、準備が済んだら、二人とも今度は米国へ渡航せよとも言うではないか。今の世なら「いい加減にしろ」とでもなるのだろうが、またも洋行できるとは、当時にあっては夢のような話であった。ニューヨークにも近い米国東海岸ペンシルベニア州フィラデルフィアは、米国独立宣言が採択された町である。

「それにしても、社長は何でこんなに機嫌がいいのだろうか……」

西尾はいくぶん当惑気味でもあったのだ。

実は、この頃、儀助には期するところがあったのだ。明治九年（一八七六）に米国フィラデルフィア万博があり、一年飛んで、明治十一年（一八七八）には三度目となるパリ万博が開催予定となっている。ただし、その後は、欧州および米国での博覧会は特に予定されていなかった。

ということは……欧米進出を狙うのならば、また、そのための足場をつくるのならば、両万博が好機であったし、この機会を逃してしまうと、難しくなるのも事実であった。

なぜならば、万博という大義名分がありさえすれば、政府も援助に乗り出しやすい。事実、この頃、起立工商会社は三十万円もの政府資金を借りられることになっていた。当時の三十万円は現在のいくらに当たるのか。なかなか換算しにくいのだが、国の明治九年度の歳入見込みで関税収入の総額が百七十六万円だったから、その六分の一に相当し、大金だったのは間違いがない。

三十万円という資金の貸出は、大久保利通が儀助に対して、しかと約束したものだった。

大久保は、岩倉使節団の全権副使として米国や欧州各国を歴訪後、明治六年（一八七三）に帰国した。そして、再び政府の参議に就任すると、朝鮮への西郷隆盛派遣構想を葬り去った（征韓論争）。非征韓派の勝利であって、その結果、征韓派の参議、西郷隆盛、板垣退助、後藤象二郎、江藤新平、副島種臣が職を辞して下野していった（明治六年の政変）。この後、大久保は初代内務卿も兼任し、有司専制《ゆうしせんせい》と呼ばれる専制政治を行った。一言で言えば、権力の頂点を極めたわけだ。

一方で、大久保は、殖産興業に熱心だった。そのため、ウィーン万博などにも注目し、産業の振興に果たす博覧会の役割を高く評価していたようだ。明治十年（一八七七）、第一回内国勧業博覧会が東京で開催されるが、これも大久保の建議によるもので、自身が総裁を引き受けた。

そうした大久保であったからこそ、起立工商会社への資金貸出にも乗り気であった。儀助は、大隈重信に連れられて、内務省へ大久保を訪ねたことがあり、政府の資金援助はその時になされた約束だった。

当時、内務省は、神田橋内旧姫路藩邸跡に立つ大蔵省との合同庁舎の中にあり、明治七年（一八七四）に建てられた木造二階建ての洋館だった。儀助は庁舎の前に立ち、複雑な心境になっていた。

なぜなら、この三年前、故郷佐賀で、士族の反乱、佐賀の乱が起きていた。この時、政府軍五千三百人を送るとともに、自ら九州に乗り込んで反乱を鎮圧したのが大久保利通であったのだ。平定後、征韓論争に敗れて下野した江藤新平が反乱の首謀者と見なされて、佐賀城内で梟首《きょうしゅ》（さらし首）の刑に処せられたほか、数多くの佐賀県人が処刑され、懲役刑を科せられた。

反乱があったのは、ちょうど儀助がウィーンからパリを経由して日本へ帰った頃だった。儀助には、江藤が乱を起こすとは信じられない話であった。同郷だからというだけでなく、江藤は、山城屋事件では山県有朋、鉱山の不正払い下げ事件（尾去沢《おさりさわ》銅山事件）では井上馨を追及するなど正義の人であったのだ（反乱は、江藤新平を抹殺するために大久保が仕組んだ陰謀とする説もあり、頷ける部分が非常に多い。毛利敏彦『幕末維新と佐賀藩』）。

また、反乱鎮圧後、誹謗《ひぼう》中傷されたのは佐賀出身の大隈重信その人で、重信は、明治六年の政変の際、非征韓派に与《くみ》して、政府に残った。だが、同郷の大隈が政府の参議でありながら、なぜ江藤の処刑を防げなかったか、非難の的にされたのだ。重信の旧邸内には江藤の幽霊が出るという風説まで流れていたという。

儀助が重信と一緒の時に乱の話をしなかったのは、一つには政治と距離を置くためであり、もう一つは重信に対する気遣いだった。

しかし、大久保と会うとなると、どうしても乱のことが頭に浮かぶ。郷土を灰にし、同郷人を殺した張本人だ。しかも、今や政府の頂点に立ち、寡黙《かもく》で威厳に満ちた人柄は誰からも恐れられていた。

大久保利通は、ウィーンの万博会場も訪れた岩倉使節団の一員だった。だが、墺国訪問の二か月前にドイツから先に帰国したために、儀助が大久保の顔を間近に見るのは、この時が最初であったのだ。実際に本人を目の前にしてみると、噂どおり、寡黙でとっつきにくい。それでも、ウィーン万博での経験や起立工商会社の現状および展望をぽつりぽつりと尋ねては、儀助の答えに聞き入った。驚いたのは、質問が的確かつ鋭いことで、大久保が特に興味を示したように見えたのは、美術工芸品の輸出見通しと、自社製造所での製品製造の二つであった。大久保は製造所の話を聞くと、

「なるほど。マニュファクチュアか」

　と呟いた。マニュファクチュア、すなわち工場制手工業は、産業革命前の英国で発達していた生産形態のことであり、岩倉使節団の一員として欧州を訪問した時に学んでいたにちがいない。

　儀助は大久保を見直した。絶えずパイプをふかす大久保に人間味らしきものを感じたし、何よりも商工業に対する造詣の深さが明らかだった。重信には悪いが、重信よりも一枚も二枚も上手であるのは確かであった。

　商工業に造詣が深いのであるならば、理解も寄せてくれるはず……。儀助は勝負に出る決心をした。フィラデルフィア万博で今後の商談が成立するなど確かな手応えを摑んだ時は、余勢を駆って業務を一気に拡大したい。だが、それには巨額の資金がいるだろう。兼三郎と二人で見積もったところでは、欧州分も含めるならば、三十万円は必要だった。この三十万円、大久保の許しを得たうえで政府から借金できまいか。

「恐れながら……」

　儀助は、あえて堂々と話を切り出した。三十万円という額を聞き、大久保は少々戸惑った。そこで助け舟を出したのは、黙って話を聞いていた大隈重信であったのだ。重信は言う。金の保証はできないが、松尾儀助という人物は私がしかと保証する、三十万が可能かどうかは別にして、考えてやっていただきたい、と。

大久保の決断は早かった。傍らに控える事務官に、

「話は聞いたな。その時には松尾儀助に三十万円やってくれ。以上だ。今日は面白かった」

三十万円の話は、法螺《ほらふ》吹きと思われても癪《しゃく》なので、兼三郎以外には内緒であった。

会社の命運を賭けたフィラデルフィア万博へ起立工商会社から出張したのは儀助を含めて九人だった。九人もの大人数で押しかけようというのであるから、意気込みの強さがよくわかる。

儀助、一世一代の大勝負と言ってもいいだろう。顔ぶれは、若井兼三郎、西尾喜三郎、原口太助、八戸欽三郎などである。佐賀出身の八戸は、米国イェール大学卒の才人で、英語が達者であったから、通訳を一任されていた。そのほか、茶商一人と醬油の亀甲萬《きっこうまん》主人永岡善八が社員とともに渡米した。

また、この万博に合わせて佐賀からは、香蘭社《こうらん》の手塚亀之助、深海墨之助、深川卯三郎がフィラデルフィアへ行っている。香蘭社とは、久米邦武の勧めによって、深川栄左衛門らが明治八年（一八七五）、有田で設立した合本会社（メンバーが資本を拠出して一企業として営業し、損益を分配する会社であって、株式会社の先駆けとも言うべき組織体）で、有田焼の製造、販売を行った。有田焼は、ウィーン万博でも大好評で、すでに輸出花形商品の一つに数えられていた。後

には、起立工商会社ニューヨーク支店が香蘭社の製品を一手に引き受け販売するなど、儀助とも関係の深い会社であった（現在も、佐賀県西松浦郡有田町に本社が所在する）。

そして、起立工商会社は、このフィラデルフィア万博で目論見どおり、躍進への大きな足がかりを摑むのだった。この時は、二万円に相当する商品を出品したが、日本の品は珍重されて飛ぶように売れ、四十円前後の品物が六倍の二百五十円で売れたというから、売っているほうが驚いた。若井兼三郎もウィーン万博の再現と、水を得た魚のような表情で、販売に邁進《まいしん》するのであった。

だが、人気のなかった品物もある。亀甲萬の醬油であった。兼三郎の発案により、備前焼の徳利に詰めて千二百〜千三百本も準備をしたが、まるで売れず惨敗だった。がっくりと肩を落とす亀甲萬の主人永岡善八。その姿はあまりにも気の毒すぎて、起立工商会社の面々はかける言葉もなかったそうだ。米国への醬油の売り込みは、百年単位で早すぎた。

儀助は、一行より二か月遅れで七月になってから渡米した。入れ替わりに兼三郎が帰朝して、翌々年のパリ万博の準備作業に取り掛かることになったのだ。

儀助は、渡米し、万博での成功を見て、無謀とも思える策に打って出る。万博閉幕後も八戸欽三郎と二人で米国に留まって、ニューヨーク支店を開いたのである。場所は、ブロードウェイ八六五番地。ここで、とりあえずは万博で売れ残った商品を販売することにしたのだが、何が無謀かと言うならば、年間一千五百ドルとも三千ドルとも八千ドルとも言われている賃料が（人によって記憶が違う）、高額すぎることだった。

それにしても、ニューヨークではまだ日本人が珍しく、「チャイニーズ」と指さし、石を投げつける米国人も少なくはなかった頃である。見ず知らずの日本人によくぞ不動産を貸しつけた。実は、これにはからくりがあり、家主の代理人を名乗る人物は、契約を渋ったようである。

しかたなく儀助は、駐米日本全権公使の吉田清成《きよなり》に頼み込み、吉田は日本国公使としてこの人物（儀助）を保証する旨、一筆書いてくれたのだった。だが、念には念をと、今度は自分自身で、和紙に何やら漢字を書き付け、角印を捺《お》したものを準備した。そして、代理人と面会すると、おもむろにこれらを取り出して、八戸に英語で、

「こちらは全権公使ミスター吉田の保証状、こちらは日本国プレジデント、ミスター大久保の保証状。とくとご覧あれ」

と言わせたようだ。吉田公使の一筆は英文であるから問題ない。だが、プレジデントのものというもう一通は見たこともない文字でつづられていて、何が何やらさっぱりだ。だが、漢字の筆文字と最後の朱い角印はいかにも威厳と東洋の神秘に満ちていた。家主との賃貸借契約は、翌日午前のことだった。

こうして、起立工商会社はニューヨーク一番乗りを果たすのであり、時期によって違いはあ

るが、ニューヨーク支店では日本人が五人～十人、米国人が二人～十五人ほど働いていて、日本の織物、蒔絵、漆器、陶磁器、絹・木綿製品、銅器などの工芸品を売っていた。前にも引用したが、大隈重信が『紐育《ニューヨーク》日本人発展史』（紐育日本人会、大正十年）の序の中で、「松尾儀助氏が起立工商会社を起《おこ》して日米貿易の礎石を築き……」と記したように、このニューヨーク支店開設は日米の間の貿易の画期をなす快挙であった。

何しろ、当時の対外貿易は、居留地貿易が主だった。居留地貿易とは、横浜、長崎、神戸、函館などの居留地外商達との取引で、日本の中に留まって、外国人商人が買いに来るのを待っていた。そんな時代に、起立工商会社は海外に出て、海外で売ろうと試みた。居留地貿易の遥か先を行く商いで、画期的と言わずして何と言う。

八戸欽三郎にニューヨーク支店初代支店長を任せると、儀助は帰朝し、三十万円を借り受けるべく、大久保利通に文書で請願したのであった。

ところが、待てど暮らせど沙汰がない。何しろ時期が悪かった。明治十年（一八七七）といえば、西南戦争が勃発し、西郷隆盛率いる薩摩の士族と政府軍が激戦を繰り広げた年である。大久保利通も戦争に忙殺されており、それどころではなかったわけだ。大久保に面会を求めても、門前払いが常だった。

そこで、儀助は、内務、大蔵両省と直談判をすることにした。儀助にとって、三十万円の借り受けは死活問題であったのだ。後年、「米国には既に一千五百弗《ドル》で家を借つて居《お》る。国では三十万両を渡して呉《く》れぬ。殆《ほと》んど今は絶体絶命の場合である。自分も此度《こたび》こそは発狂して死ぬに違ひないと思つた」と述懐していたほどだった。

だが、内務省も大蔵省も財政不如意《ふにょい》と答えるばかりで、取り合ってはくれなかった。財政難は事実であって、政府は西南戦争に兵士五万八千人と艦船十九隻を派遣して、軍費は全部で四千百五十六万円にも上っていたから、火の車であったのだ。

しかも、儀助を妬《ねた》む者達が悪口を吹聴して回っていたから、そのことも不利に働いた。法螺吹きだとか無法者だという悪口は何も今に始まったことではなくて、起立工商会社を立ち上げる時、政府が保証人となり三井組から借金したが、それを快《こころよ》く思わない連中が言い募《つの》りだしたことだった。彼らは今度は、ニューヨーク支店の家賃の高さを言挙《ことあ》げし、無茶、無鉄砲な輩《やから》であると儀助を攻撃したのであった。

このままではもう後がない。儀助は切羽詰まって、大隈重信に泣きついた。重信はこの頃、大蔵卿として西南戦争の軍費調達を担っていたが、もともと財政状態が悪かったうえ、増税も国債の追加発行もままならず、頭を痛めていたのであった。そんなことにはおかまいなしに、陸軍卿西郷従道《つぐみち》が当面の戦費として千二百五十四万円を求めてくるなど、戦争は底なしの金食い虫であったから、心労が重なる一方だった。儀助は、そんな重信を思い遣り、重信に頼ることだけは遠慮しようと思ってきたが、もはやそれどころではなくなっていた。

重信は、儀助が大蔵省などを訪れて直談判に及んだことを、報告を受けて知っていた。三十万円とは確かに痛い。かといって、見捨ててしまうのも忍びない。重信は頭の中で、しばし算《そろ》盤《ばん》を弾いたうえで、

「よかろう。ただし、三十万は法外だ。半分の十五万円出させよう。金を貸すには内務省の裁可も必要だ。大久保卿と談判するしかあるまいな」

これが重信の出した結論だった。日々、数百万円単位の金のことで悩んでいたので、十五万円ぐらいなら何とでもなると思ったようだ。

さて、参議大隈重信と一緒となれば、大久保も門前払いは不可能だ。しぶしぶではあっただろうが、何とか面会にこぎ着けた。そして、窮《きゅう》鼠《そ》猫を嚙むではないが、権力の頂点にいた大久保に、堂々と自説を主張した。

「お国との約束は、なるほど確かに物の輸出止まりでありました。お品を買い集め、製造し、それを輸出するために、三十万円拝借したいと言いました。ニューヨークで高い家賃を支払って、商館を持つなど、申し上げたことはありません。けれども、よくよくお考えを。商館を持つということは、単にお品を米国に船で送るより、一歩進んだ商いなのではありますまいか

……」

立て板に水とはこのことだった。儀助は、滔々《とうとう》と自説を言い立てた。重信も、

「この者の言い分も、もっとも」

と援護射撃をしてくれた。大久保は黙って話を聞いていた。そして、そろそろ言葉も尽きかけた頃、おもむろに一言、こう言った。

「わかった。後は大隈卿と計らうように……」

ちなみに、西南戦争の死傷者は、薩軍約一万五千、政府軍約一万六千と多かった。また、傷を負った政府軍兵士は病院で手厚く治療を施されたが、薩軍兵士は野山の中に捨て置かれ、見るも無惨な有様だった。心を痛めた元老院議官佐野常民が設立したのが博愛社、後の日本赤十字なのであり、佐野は、薩軍の逆徒といえど天皇の赤子であることに変わりはないと主張した。

国庫から金が下りると、儀助は陶器や漆器類その他をニューヨーク支店に送り出し、販売体制を整えさせた。支店の利益は、初年度が二万ドル、その次の年度が四万ドルと着実な伸びを見せていた。

そして、翌明治十一年（一八七八）、惨敗だった普仏戦争（一八七〇～七一年）からの復興を記念するために、パリ万博が開催された。米国に次ぎ、欧州に足がかりを築く好機であった。

H. Scott

パリ万博（1878 年）会場（THE GRAPHIC, March 2, 1878 より）

そこで、儀助らはかなり早めに渡仏して、パリ支店の開設準備を行った。万博の開幕と同時に開店し、耳目を引こうというのであった。

しかし、ニューヨーク支店同様、家賃がべらぼうに高かった。一等地に建つ地下室のある二階建ての建物で、賃料は一年間で二万フラン（約八千円）と、目の飛び出るような額だった。翌年には賃料七千フランの物件に店舗を移し、若井兼三郎が運営に当たっていくのだが、後に「この巴理《パリ》に支店を設けたのが、そもそも工商会社が失敗する因《もと》」（西尾卓郎翁の談話）とまで言われたように、無理を押しての出店だった。

とはいえ、この時は、たとえ無理だとわかっていても、突っ走るしかなかったわけだ。なぜなら、国などへの負債がかさんでいたから、大人しくやっていたのではいつまで経っても返せない。

なお、この時、起立工商会社に通訳として雇われ、パリへ渡った人物が林忠正であったのだ。林はパリ万博が閉幕すると、契約に従い解雇されるが、そのままパリに居残った。その後、明治十四年（一八八一）に、請われて再度起立工商会社の社員となるが、翌明治十五年（一八八二）、若井兼三郎とともに会社を去って、美術商としての地歩を固めていくのであった。

それはともかく、パリ支店を開いた明治十一年（一八七八）という年は、待望の男子が誕生し（次男一郎。長男は夭死）、発起人を務めた東京商法会議所の設立認可が下りている。一方、悪いことでは、大久保利通が暗殺された（紀尾井坂の変）。凶行に及んだのは、石川県の士族島田一郎ら六名だった。

「まさか、あの大久保様が……」

恩人の非業の最期に、儀助は言葉も出なかった。

翌明治十二年（一八七九）は、龍池会の結成に参画したほか、オーストラリアでシドニー国際博覧会があったので、大倉組、三井物産会社と共同で二万円あまりの貨物を送るが、不首尾に終わったようである。

その次の年、明治十三年（一八八〇）には、昨年に引き続きオーストラリアで、メルボルン万博が開催された。これには、起立工商会社から松尾喜三郎ら二人が渡航して、美術工芸品のほか、紅茶や新燧《しんすい》社のマッチを持ち込んだ。しかし、

紅茶ハ一時非常に喝采《かっさい》を博せしも、印度茶業者大《おおい》に競争を試み、日本紅茶遂に敗を取り、（略）マッチも材料の粗悪なる為《た》め、大に不信用を買へり。（松尾儀助君伝）

との有様だった。紅茶は鬼門であったのだ。だが、幸い、美術工芸品は好調だったので、赤

字にはならず、一万余円の利益があった。

それにしても、にわかに慌ただしくなったものだが、この頃から明治二十二年（一八八九）頃までの十年ちょっとが、儀助が最も潑溂《はつらつ》としていた時期だった。

明治十二年（一八七九）六月二十一日、米国の前大統領グラントが家族とともに軍艦リッチモンド号で長崎を訪れた。南北戦争では北軍最高司令官として戦いを勝利に導いて、一躍英雄となったグラントは大統領にも就任し、任期が終わったこの年に世界旅行に出たのであった。

リッチモンド号が入港すると、長崎県令宮川房之らが随員を従えて船に乗り込み、歓迎の意を表した。この時、女性としてただ一人船に招かれたのが大浦慶であったという。貿易で果たした功績が評価された結果であった。

この時、港に群がる人込みの中には儀助とリヤの姿もあった。グラントはこの後、京都を訪ね、それから横浜へ向かう予定になっていた（京都訪問は関西でコレラが流行したため取りやめ）。東京で開催予定の東京府民歓迎会は、東京商法会議所会頭渋沢栄一、東京府議会議長福地源一郎の二人が発起人で、渋沢との関係で、儀助は歓迎会の準備を手伝っていた。そして、最初の寄港地でグラントを出迎えるとの名目で長崎へ出向いてきたのだが、本当の目的は、リヤとの縁結びの神様大浦慶との再会を果たすことだった。

慶は、維新後間もない明治四年（一八七一）、詐欺事件に巻き込まれ、散々な目に遭っていた。

騙され、善意で保証人になっていたために、巨額の弁済を強いられ、何もかも失って、細々とした商いで食い扶持《ぶち》を稼いでいるのであった。

　儀助は、この話を東京で伝え聞いていた。しかし、その頃の儀助はウィーン万博で活路を見出す直前で、自分自身が定まらず、東京からは遠かったので、何もできずに七年あまりが経っていた。

　グラント到着の翌日だった。儀助とリヤは、油屋町の慶の屋敷を訪ねていった。突然の来訪に驚いたのか、二人を見るや慶の目は大きく見開かれ、ややあって、

「よく来た。入っておくれ」

　そして、招き入れられた座敷の中で、

「ご無沙汰しておりました。何年ぶりでございましょうか」

と儀助が話しかけ、リヤが笑いかけているのだが、慶は黙ったままだった。

　しばらくすると、慶の左右の眼《まなこ》から涙がすーっと落ちてきた。

「いや、すまないね。昔を思い出したんだ。儀助さんがリアを口説きに来ていたあの頃を」

　すると、感傷的になっている慶への思いやりであったろう。リヤはにっこり微笑むと、

「お慶様、わたし、リアではなくなって、今ではリヤといいますの。なぜかと言うと……」

と、上京してから東京で何があったのか、家族の写真も取り出しながら、面白おかしく話し

はじめた。儀助夫婦はこの頃までに一男四女に恵まれて、七人家族になっていた。
リヤが話し終わると、今度は慶が、詐欺事件の顚末や、その後の身の上話を語るのだった。そして、

「儀助さんの噂は聞いている。パリスにまで商館があるっていうんだろ。大したもんだよ。それに引き替え、わたしのほうは……」

それにしても、詐欺の一件は、聞けば聞くほど悪質だった。しかも、詐欺には長崎の役人も関わっていた。ところが、彼は、罪には問われず放免された。

「ひどい……」

リヤは思わず呟いた。

ただ、唯一幸いだったのは、家屋敷は他人の手に渡っていたが、今の所有者は以前に恩義をかけた人なので、住みつづけることが許された。

辞去する時間が近づいた。儀助は、いくばくかの金銭を置いて帰ろうかとも考えた。幕末、慶は、あれほど多くの志士達を陰になり日向《ひなた》になり守ったが、維新後、窮地に陥った慶に対して、かつての志士らは誰一人として救いの手を差し伸べなかった。これほど哀れなことはない。

だが、金は渡さず慶と分かれた。自尊心を慮《おもんぱか》ってのことだった。女傑と呼ばれた気丈夫に金を恵むなど無礼であった。

慶が、その生涯の幕を閉じたのは、明治十七年（一八八四）春だった。享年五十七歳だった。せめてもの救いは、他界する一週間前、茶業振興功労褒賞と金一封二十万円が国から贈られたことだった。

第十一章　パリから撤退す

明治二十四年（一八九一）、起立工商会社解散

起立工商会社が解散したのは、明治二十四年（一八九一）のことだった。なぜこうも短命だったのか。

儀助らが目指した経営は、手間暇、金のかかるものだった。完成品を仕入れて売るなら簡単なのだが、製造所を自前で持っていたし、外注する場合でも、原材料を供給し、手付け金を渡すなど、金がどんどん出ていった。品物ができても、それが現金化されるのは、欧米で買い手の手に渡ってからで、つなぎの資金も必要だった。そのことが常に儀助を苦しめた。

明治十二年（一八七九）に、ニューヨーク支店長八戸が日本へ一時帰国したのだが、目的は「大蔵卿に願つて、ニューヨーク支店の為に三十万円を政府から拝借する事」（西尾卓郎翁の談話）だった。西尾の記憶によるならば、この時は満額借りられた。それにしても、これほどの大金が必要だったとは、経営的によほど行き詰まっていたにちがいない。当時の大蔵卿は大隈重信。だが、重信を頼れるのはここまでだった。

翌年、重信は大蔵卿を辞任した。さらに、その次の年、伊藤博文や井上馨らによる明治十四年の政変が起き、重信は参議の職を罷免され、大隈一派と目されていた、農商務卿河野敏鎌、駅逓総監前島密、判事北畠治房、そして、矢野文雄（統計院幹事兼太政官大書記官）、犬養毅、尾崎行雄（ともに統計院権少書記官）、小野梓（一等検査官）らとともに野に下る。これにより、薩長藩閥体制がより強固になっていくのだが、儀助と起立工商会社も、大隈重信という後ろ盾を失うことになり、大きな痛手となっていく。それに、政府自体が民業への補助金支出を見直すようにもなっていた。

だが、儀助にしても、支店長の八戸にしても、ただ手をこまぬいていたのではなく、あの手この手を考えた。その一つが、執行弘道《しぎょうひろみち》を三井物産会社から引き抜いてくることだった。執行が、新たにニューヨーク支店に加わったのは、明治十三年（一八八〇）のことだった。従来は小売部だけだった支店の中に卸《おろし》部門を開いた彼は、卸部主任に就いている。

執行は、佐賀藩士の家に生まれ、儀助達とは同郷である。東京の大学南校では林忠正と同級生で、米国へ留学した後、外務省、三井物産会社を経て、起立工商会社に招かれた。

ニューヨーク支店のこの後を記すと、明治十五年（一八八二）、日本へ一時帰国していた支店長の八戸が急死した。死因は定かでないのだが、八戸の死は、儀助にとっては戦友を亡くしたようなものだった。フィラデルフィア万博以来、米国での商いは常に八戸とともにあったから……。

しかし、悲しんでいる暇はない。執行を支店長に就かせると、明治十七年（一八八四）、儀助は新たな人材をニューヨーク支店に送り込む。上野栄三郎である。

この三年ほど前、ニューヨーク・ブロードウェイで開店したが、経営破綻に陥った日本商会という商社があった。上野は、債権者から託されて、日本商会の金額にして約二万ドルにも上る在庫の山を米国と欧州ですべて売却するという難事業を成し遂げた。その後、日本で金属製品の対米輸出を進めつつあった上野に対し、一緒にやろうと儀助が声をかけ、起立工商会社へ入らせた。

上野は、ニューヨーク支店に赴任をすると、小売部と卸部が同じ店舗の中では都合が悪いと、ブロードウェイ四五六番地の店舗を借りて、卸部をそこで独立させた。そして、自らが卸店の店長となり、事業の立て直しを図っていった。

一方、儀助は、明治十六年（一八八三）から翌年にかけ、大変な災難に見舞われる。「松尾儀助君伝」曰く、

> 銀価非常に騰貴《とうき》し、紙幣一時に下落せしを以《もっ》て、その間、意外の利を得たり。然《しか》るに、明治十六、七年に至《いたっ》て銀価忽《たちま》ち下落し、紙幣遽《にわか》に上騰せしを以て君は大《おおい》に失敗し、一挙して二十八万円を損するに至れり。此《この》損害実に巨額なるを以て一時回復の道なく、店務漸《ようや》く困難を感し、明治二十三年に至り、遂に其《その》老舗を他人に売るに至れり。

儀助は、講演の中でこうも語った。

当時私は十五万弗《ドル》程を外人に貸付居《かしつけお》りたるが、経済上の関係より俄《にわか》に一円札一枚の値打が七、八十銭位《ぐらい》に下落せるを以《もっ》て、此《この》影響に因《よ》り損耗を招きし額少なからず、斯《か》く経済及《および》事業の両方面より一時に襲撃された者《もの》だから、到頭《とうとう》大失敗を招きたり。

わかりにくい話だが、要するに以下のようなことだった。

西南戦争の戦費調達を目的として紙幣を増発するなどしたために、当時の日本では激しいインフレが起きていた。インフレだから、物価が騰貴し、紙幣価値が下落して、銀貨と紙幣の比価が乖離した。

そこで、明治十四年の政変後、大蔵卿に就任した元薩摩藩士松方正義は、松方財政（松方デフレ政策）と呼ばれる財政政策を行った。中心は増発した紙幣の整理であったが、松方財政により日本はインフレからデフレに転じ、物価が下落する（不景気になる）とともに紙幣価値が騰貴して、銀貨と紙幣の比価安定も達成された。

何ともややこしい話だが、儀助との関連で言うならば、日本の紙幣価値が騰貴すると（銀との交換比率が高まると)、結果はもちろん「円高」だった。円安の時に円でドルを買い込んで、そのドルを外国人に貸し付けた後、円高になったらどうなるか。貸し付けたドルを返してもらい、円に戻すと損が出る。松方財政による円高は異常なほどであったから、これにより儀助は大損害を被《こうむ》った。しかも、円高は、起立工商会社の商い(貿易)にとっても不利だった。

しかし、儀助はなぜ金貸し＝金融などに手を染めたのか。想像するに、焦りがあったにちがいない。ニューヨークの店舗も二つに増えた。支出は増す一方だったから、副業として「金融」を始めてみたのだが、大金を投じた分だけ損害も大きく広がった。講演の中で、

私は働きといふことを後にして金力を先にせるが為《ため》に、殆《ほと》んど回復すべからざる大失敗に遭遇した。私は又も金力は迚《とて》も働きに添《そ》はねばならぬとの実際の真理を此時《このとき》に経験した。是《こ》れ、私が大失策の始りである。

とも語ったように、儀助には大きな教訓だったが、状況は切迫しつつあったのだ。

それにしても、「働き」(物づくりと商業活動)を軽んじて、「金力」(金融)に頼ったのがまずかったとは、現代にも通じる話であった。我々は儀助とその時代から何も学んでいないのだ。

儀助自身も、元右衛門の教えを忘れて「金力」に走って利ざやを求め、傷を自ら深くした。

起立工商会社は、国からの資金供給が途絶えたうえに、金融で大きな損失を出したため、金詰まりに陥った。どうするか。誰でもまず考えるのは、規模の縮小、経費節減にちがいない。明治十七年（一八八四）、儀助は支店の視察と称して、単身、ニューヨークとパリに赴《おもむ》いた。そして、とうとう、パリ支店の譲渡を決意する。譲渡相手は、円中孫平《まるなかまごへい》。元加賀藩士の円中は、加賀、越中で輸出雑貨商を営み、横浜で円中商会を設立した人物だった。パリ万博にも出品し、儀助らとはその頃からの盟友の一人であったのだ。

それにしても、儀助はパリ支店を手放すと決めた時、身を切り裂かれる思いであった。それは、経営者としてではなくて、個人としての感情であり、パリは元右衛門が眠る地であり、妻リヤの故郷なのである。

だから、ということもあったろう。儀助は、パリにわずかながらも手がかりを残すことにしたのであった。すなわち、佐賀出身の社員大塚琢造が、大隈重信に送った書簡が残されており（早稲田大学図書館蔵）、その中で大塚は、知ってのとおり、支店は円中組に売却するが、パリという「此《この》見込みある地を全く見捨《みす》る」のは残念だ。そこで、私一人で「出商い」をしてはどうかと社長の儀助に相談し、そうなりそうだと書いている。そのほうが、パリで高い家賃と高い人件費を支払って、店に雑貨を沢山並べるよりも「却《かえっ》て面白き商ひある見込みに御座《ござ》候《そうろう》」。

パリからの完全撤退は免れ得るので、儀助にとってもこの選択は好ましいものであったのだ。

一方、ニューヨーク支店は、パリ支店売却の効果があって、一時は安定を取り戻したのか、明治二十一年（一八八八）五月十七日付「読売新聞」朝刊に次のような記事が載っている。

○米国にて日本品の需用《じゅよう》　米国ハ我《わが》日本品の需用益々多く、従《したが》って輸出額の年々増加せるが為《た》め、在米国紐育《ニューヨーク》の我国《わがくに》起立工商会社支店の販売高も多く、右につき同地方へ向きの宜《よろ》しきものを仕込《しこみ》の為め、右支店長の執行弘道氏ハ一昨日入港の米船にて帰朝せり。

翌明治二十二年（一八八九）十一月八日付「読売新聞」朝刊にも、似たような意味の記事があり、景気の良さを窺わせているのであった。

○米国に於ける日本雑貨　木挽町なる起立工商会社にてハ先年来米国紐育《ニューヨーク》府に一小雑貨店を開らき居《い》たる処《ところ》、米国に於ける日本雑貨の評判日増《ひまし》に宜《よろし》く其《その》売行繁昌するより、今度更に同府ブロードウエーに一大店を開設するの計画あり、一両日前、会員江頭某氏を渡航せしめたる由《よし》なるが、其内尤《そのうち》も売高の多きハ陶器、磁器、木綿中形等なりと。又同国より同会社に向け、西陣織物の注文を為《な》し来《きた》りたる由なるが、コハ同国人が仏国に開きたる万国大博覧会に於《おい》て同品を一覧し、帰国の上注文し越《こ》したる者《もの》なりと云《い》ふ。

しかしながら、実のところ、ニューヨーク支店は機能不全に陥っていた。『紐育《ニューヨーク》日本人発展史』には、支店の当時の内情が次のように書いてある。

卸部を開設したるが、会社内部の財政窮迫の為《た》め仕入《しいれ》意の如《ごと》くなる能《あた》はず、茲《ここ》に於《おい》て当時帰朝中の松尾氏に対し、新たに資本を注入するか然《しか》らざれば断然卸部を閉鎖すべしと主張したるが、松尾氏よりは何等《なんら》の回答に接せざりしを以《もっ》て上野氏（上野栄三郎。引用者注）は善後策を講ぜんが為めに急遽帰朝したり。

景気がいいのは表向きの話であって、資金が足りず、仕入れですら滞っていたのが当時の支店の実状だった。儀助とて、逃げ回っていたのではなく、資金繰りに奔走したが、今回ばかりは手立てが尽きた。

上野は東京で儀助に会うと、卸部閉鎖を主張した。儀助は、この日が来るのをわかっていたから、上野の言葉を受け入れた。

そして、明治二十三年（一八九〇）、卸部を関西貿易会社へ五万円で売却することにした。

また、小売部門も、福島於菟《おと》（あるいは於菟太郎）という人物に譲渡した。福島は、後に福島商会を開いたようだが、詳しいことはわからない。ここに至って、起立工商会社は苦労して持ちつづけてきた海外支店をすべて失うことになる。

一方、東京の本社はどうだったのか。

明治二十一年（一八八八）は、スペイン、バルセロナ万博の年であり、起立工商会社が出品委託引受人となっていた。農商務省は前年十一月の告示の中で、出品品《ひん》は「本年十一月十日ヨリ同十二月十日迄《まで》ノ間ニ同会出品委託引受人起立工商会社々長松尾儀助方へ到達スル様《よう》送付スベシ」と述べている。

ちなみに、久米邦武の子息桂一郎は、この頃パリに留学していて、儀助の紹介で起立工商会社の事務手伝いを頼まれた。また、バルセロナ万博にも赴いて、荷解きから販売までのあらゆる雑務を行った。桂一郎は画家であり、明治二十六年（一八九三）、僚友黒田清輝と日本へ帰ると画壇に新風を吹き込んだ。

また、明治二十二年（一八八九）は、フランス、パリ万博の開催年で、ここでもやはり万博と言えば何を措《お》いても起立工商会社なのであり、前年十二月八日付「読売新聞」朝刊に次の記事が載っている。

○仏国博覧会の準備　佐野枢密《すうみつ》、花房宮中の両顧問官にハ昨日起立工商会社に至りて仏国博覧会への出品物を一覧し、尚松尾《なお》同社長と共に築地三丁目の御用品製作所に至り、同博覧会にて本邦陳列所入口へ据付《すえつけ》る門飾りを巡覧せられたり。

また、儀助自身も活発だった。例えば、明治二十年（一八八七）、大倉喜八郎や森村市太郎など実業界の大物達と貿易協会を設立し、幹事の一人となっている。また、パリ万博も儀助の出番なのであり、日本美術協会で「仏国万国博覧会の注意」と題する講演を行ったのが儀助であった。

極めつけは、鹿鳴館《ろくめいかん》だ。鹿鳴館は、明治十六年（一八八三）に落成した洋風建物で、国際的な社交場とするために、明治政府が建てたのだ。外務卿井上馨は、幕末に諸外国と結んだ不平等条約を改正するには日本が文明国であることを示す必要があると考えた。その一環として図られたのが上流階層の欧化であって、鹿鳴館はまさにその象徴であったのだ。

鹿鳴館には、国内外の政府高官や外交官、上流人士が招かれた。そして、連日連夜、園遊会や舞踏会、音楽会などを催したのだが、鹿鳴館に馬車で乗りつける紳士の中に、正装した儀助の姿もあったのだ。儀助は、日本と欧米の間を何度も行き来し、彼の地のマナーを身につけていた。そのうえ、貿易の先駆者でもあったから、上流人士の一員と見なされていたのであった。

こうして見ると、支店はともかく、起立工商会社の本体は安泰のように思えてくるが、現実は冷酷非情であった。

ニューヨーク支店売却の翌年、明治二十四年（一八九一）のことだった。起立工商会社は、遂に解散の時を迎えてしまう。栄光の歴史を持ちながら、わずかに十七年と短命だった。

第十二章　商う品へ魂こめよ

明治三十五年（一九〇二）、東京赤十字病院

起立工商会社の解散は、一つの時代の終わりを告げるものだった。

明治六年（一八七三）のウィーン万博に出展した日本は、我が国美術工芸品の欧州における人気を知った。そこで、万博の閉幕前に早くも輸出に向けた準備を始め、そうして設立されたのが起立工商会社であったのだ。起立工商会社は、商品の仕入れと輸出および販売という商業活動だけではなくて、自らが工房を持って製作にも携わり、工芸品の意匠（デザイン）も手がけた。これは、大久保利通がいみじくも指摘したように、マニュファクチュア（工場制手工業）と呼ぶべきもので、当時にあっては画期的な会社であった。

だが、ニューヨーク、パリ両支店の開設は、経営面で大きな負担であったろう。職人達への手付けなど支払いもかさむ一方だったし、儀助自身の失敗もあり、明治二十四年（一八九一）に会社は幕を閉じたのだ。

そもそも、明治も、二十年代、三十年代と年を重ねていくうちに、日本人もある意味劣化した。儀助は会社設立当初から品質の維持、向上に大いに腐心をしたものだった。ところが、ほかの商人達はというと、次第に小狡《こずる》くなってきた。これには儀助も我慢がならず、故郷佐賀で

の講演で嘆き節を述べている。すなわち、このところの貿易上の障害は、

粗製濫造《そせいらんぞう》の弊是《へいこれ》なり。試《ためし》に輸出入の街に当れる神戸を見よ。其《その》商人は軽薄、其商品は粗製濫造の極《きわみ》に達して居《お》る。信義、地を払《掃》ひ、加ふるに粗製濫造を以《もっ》てす。（略）今や神戸に於《おけ》る外人等は、仮《たと》へば四十箱の注文品には必ず数箱の注文と異なれる物品の混入され居るを予知し、其心得を以て内国人と取引するの有様である。昔は幾百千箱の注文品も皆一《ひと》揃《そろい》となつて居《い》た故《ゆえ》に、其信用は篤《あつ》く、其商品は良好也《なり》き。而《しこう》して今や乃是《すなわちこれ》の如《ごと》し。

ひどい時代が来たものだ。儀助のような、信義を重んじ、そのためには労苦も厭《いと》わぬ古くからの商人が生きにくい世相になっていた。

起立工商会社の解散により、さすがに儀助も肩を落として、消沈しているだけだった――というのは嘘である。儀助はこの後も、意気軒昂で、再起の時を待っていた。

実際、会社解散に先駆けて、次に向けた行動を早くも起こしているのだが、その一つが女子実業学校の開設だった。明治二十三年（一八九〇）一月二十九日付「読売新聞」朝刊に、

○女子実業学校　旧臘《きゅうろう》（昨年十二月。引用者注）松尾儀助氏校長となり、内田信子女史が

校主となりて、神田錦町三丁目に設立せし女子実業学校は、和洋服裁縫、刺繍《ぬいとり》、飾帽《かざりぼう》、造花《つくりばな》、図画、修身、家政等を教授し、二ヶ年にて卒業せしむるよし。

とあり、教育界への進出も図っていたようだ。

また、会社解散から四年経った明治二十八年（一八九五）、儀助は滞在先のニューヨークから東京の大隈重信へ一通の書簡を出している（早稲田大学図書館蔵）。

封書には三月三日の消印があり、書簡は「一翰呈上《いっかんていじょう》　仕　候《つかまつりそうろう》、閣下《かっか》益々《ますます》御安康恐悦之《ごあんこうきょうえつの》至　奉　存　候《いたりにぞんじたてまつりそうろう》……」で始まり、頼まれていた杖《つえ》の類は一ダースほど買い求め、帰朝する関西貿易会社の上野栄三郎に託したとある。上野とはこの頃も依然付き合いがあったのだ。杖の類とはステッキだろうが、なぜ重信はステッキが一ダースも必要だったのか。

起立工商会社解散の前々年、明治二十二年（一八八九）十月だった。外務大臣だった大隈重信は、不平等条約改正案に反感を持つ国粋主義者来島恒喜《くるしまつねき》に外務省前で爆弾により襲撃された（来島はその場で自決）。大隈外相遭難の一報を聞いた儀助は、愕然とせざるを得なかった。十一年前の大久保利通暗殺事件が脳裡に甦ったからである。

「まさか、大隈様までが……」

幸い、命だけは無事だった。だが、爆発により重信は右足を失う大怪我を負う。そのため、杖をつく身となったのだったが、重信は国産の杖には不満があった。そこで、米国へ行く儀助に対し、ステッキを買って送るよう依頼したのではなかったか。そして、儀助は米国で、ステッキを十二本ほど買い込んで、日本へ帰る上野栄三郎に託したわけだ。上野は、起立工商会社を去った後、実業家として、京都・都ホテルの創業や銀行業にも関わった。写真や早稲田大学の銅像で見る大隈重信のステッキは、ニューヨークで儀助が買い入れて、上野が持ち帰ったものかもしれないわけだ。

書簡は、この後、日清戦争に話題を移す。

書簡が書かれた明治二十八年三月初めは、清国との戦争で日本が事実上の勝利を収めていた時期である。下関における清国全権李鴻章《りこうしょう》との講和会議は三月下旬からであり、四月に講和条約（下関条約）が結ばれた。

あの巨大な中国との戦争に日本が勝利したことで、儀助は興奮し、高揚していた。書簡の中で、戦争への勝利によって「曾《かつ》て日本がアメリカに関する迷夢を破り候《そうろう》如《ごと》くアメリカ人が日本に関する迷夢を破り申候《もうしそうろう》」とまで述べている。

また、条約改正に尽力していた重信向けの話だろうが、ニューヨーク「ヘラルド」新聞が日本を称揚してくれている一方で、「ウヲルド社」（大衆日刊新聞「ワールド」か）は日本軍による旅順での虐殺事件を誇大に報じ、条約改正妨害を企んでいるとも報告し、「日米温情論は小生の宿説」とあるのが面白い。儀助はなぜか欧州よりも米国に親近感を持っていて、米国寄りであったのだ。
経済情勢に関しては、米国も相変わらず不景気で、欧州との競争も熾烈であると言っている。日本については、機械工業が今や発展を極めたものの、行き詰まりを見せていて、輸出品の改良が急務であると危機意識を持っていた。
そして、肝心要の自身のことだが、戦争に喩《たと》えて、次のように書くのであった。

松尾老将北京占領の快報に接せらるるも不遠内《とおからぬうち》と御思召被下度《おぼしめしくだされたく》、不景気の為金持の連中金嚢《きんのう》の口を括《くく》り居候故《おりそうろうゆえ》、之《これ》を開かしむるは容易ならぬ作戦の方略に御座候《ござそうろう》、然《しか》し、小生の意気は三万乃至《ないし》五万位《くらい》の生擒《せいきん》は必ず入御覧候積《ごらんにいれそうろうつも》りにて、一万以下の小勝利は眼中に措《お》かず……

「生擒」とは「生け捕り」であり、この場合は捕虜を指す。儀助はこの時、五十九歳になっていた。その老将軍松尾儀助が、清国の北京を占領し、三万ないしは五万の捕虜を捕らえてみせると大見得を切ったわけであり、これはもちろん喩《たと》えであって、それぐらいの大成功を米国における商いで収めてみせるとの意味だった。消沈どころか、元気そのものだったのだ。

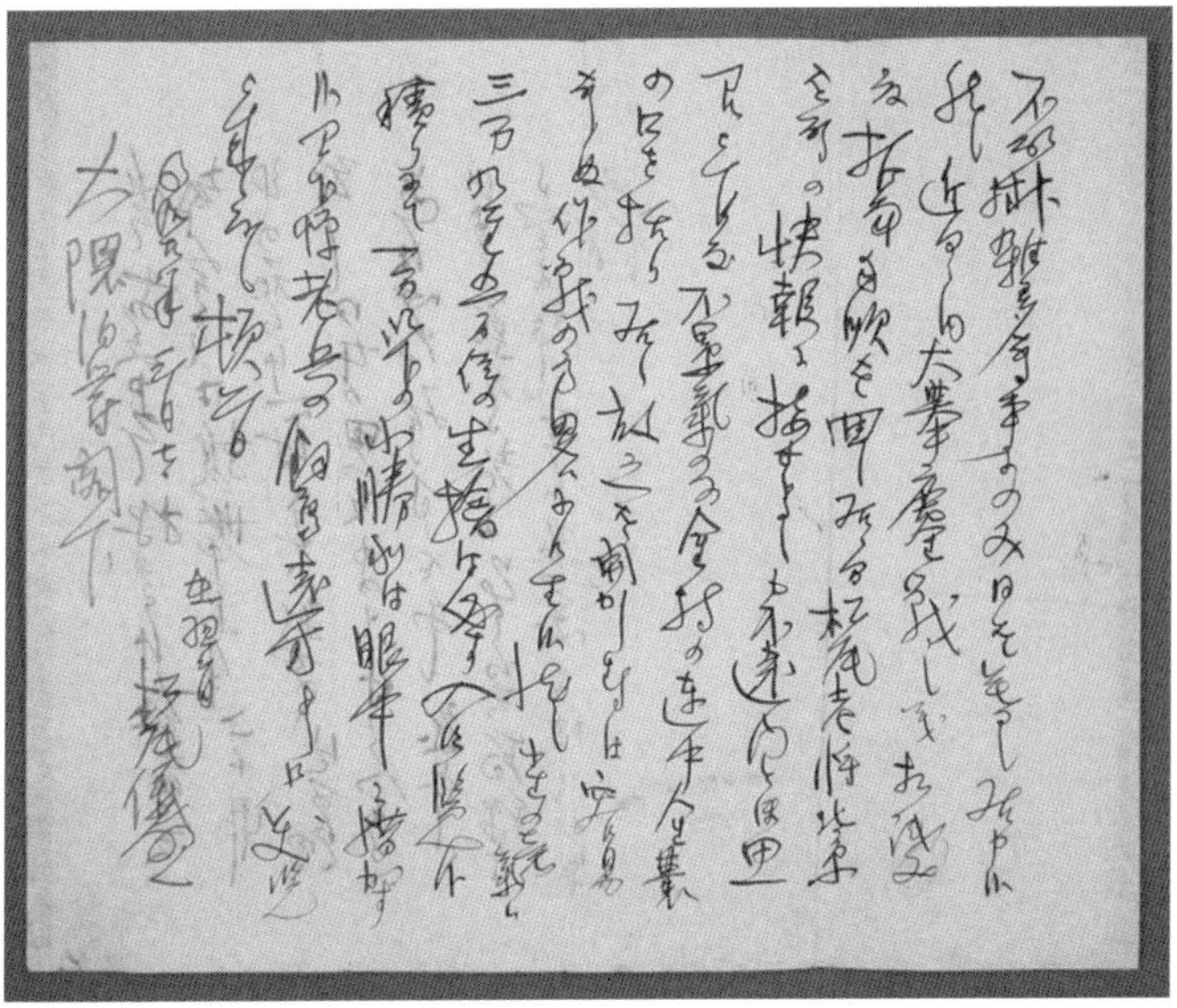

大隈重信に宛てた松尾儀助の書翰（明治28年3月7日付）（早稲田大学図書館所蔵）

「儀助らしいな……」

大隈重信はこれを読み、面白がったにちがいない。と同時に、楽しみだった。ニューヨークからどんなステッキが届くかが――。

なお、この時の直接の渡米理由は、五二会の会員として米国視察を行うことと、物品販売店設置計画を練ることだった。明治二十七年（一八九四）十二月二十日付「読売新聞」朝刊は、儀助渡米の記事を載せ、次のように書いている。

○五二会の米国派遣員　同会員松尾儀助氏ハ、五二会中央本部の選抜委員となりて来《きた》る二十九日亜米利加《アメリカ》に向け出発する筈《はず》なるが、同氏派遣の目的ハ、五二会の要務に関して同国に於ける万般の視察を遂げ、尚《な》ほ五二会の物品販売店設置につき計画するにあたりて殆《ほとん》ど一ケ年滞在の見込なりと。

五二会とは、元農務省次官前田正名《まさな》が、明治二十七年、織物、陶器、銅器、漆器、紙類という五品の製造、販売奨励のため品評会を計画し（五品会）、後に敷物類と彫刻が加わったため、五二会と称したようだ。この五二会の会員の中から渡米要員に選ばれたのは、米国通だったからだろう。もっとも、儀助は、五二会の仕事だけでは満足せずに、自身の再起をかけていた。しかし、女子実業学校も、米国における新たな事業も、実を結ばなかったようである。儀助、生涯最後の生業《なりわい》は、煙草店の経営なのであり、美術、工芸、貿易とも無縁であった。

煙草店の経営は、大隈重信、江副廉蔵《えぞえれんぞう》との関係が明らかに透けて見えていて、江副の姉美登は、若き日の重信が九州にいた時の妻だった。また、廉蔵はフィラデルフィア万博に通訳として渡ったこともあり、儀助とも面識があったにちがいない。この廉蔵が、米国煙草の輸入によって財を成し、江副商店という煙草屋を銀座で開いていたのだが、儀助が煙草店を持ったのは、廉蔵の勧めであったろう。

この三年後、明治三十一年（一八九八）に、故郷の佐賀で松尾氏招待会が催され、儀助は一時間半にも及ぶ講演で、「諸君は現今四十以上の人々に於《おい》て、殆《ほと》んど思ひ及ばざる学力あり。一大奮発、以《もっ》て事に当《あた》らば何事か達し難《がた》きの事あらん」と発破をかけた。

ところが、その一方で自身については、

今回は敗軍の将となつて古郷に錦《にしき》を衣《き》て帰るの古言に反し、襤褸《ぼろ》を衣て帰った。併《しか》しながら、私は本年六十三（ママ）歳である。八十まで生きるとした処《ところ》で尚《なお》十有余年の時日《じじつ》がある。此《この》時日に於《おい》て、或《あるい》は錦を衣て帰るの時あるやも知れず……

女子実業学校の経営や米国での新たな商いは、結局は実を結ばなかった。だから、故郷へもボロを着て帰ったと、自嘲をこめて言ったのだ。しかし、まだ諦めてなどはいなかった。八十まで長生きすれば、まだ十数年もあるではないか。捲土重来《けんどちょうらい》を期すには十分だ！

だが、この頃だったかと推測される。儀助は、肺に病を抱え、衰えを意識しはじめる。

ある日、そんな儀助を気遣って、若井兼三郎が見舞いに訪れた。長女繁子が明治二十三年（一八九〇）に他界した後、明治三十一年（一八九八）には妻リヤにも先立たれ、次男一郎夫婦が儀助の世話を焼いていた。

「儀助さん、お久しぶりです」

兼三郎が枕元で話しかけると、儀助は案外、元気であって、四方山《よもやま》話に花が咲く。そうして、話題は、明治六年（一八七三）のウィーン万博へ移っていった。

「あれから、もうすぐ三十年か」

「そうですね。あの頃は、儀助さんも若かった。娼婦を連れてウインナの街でご活躍。それが新聞記事になったのを今でも覚えておるでしょう」

儀助はそれには答えず、どこか遠いところを眺める目つきで、

「始まりはウインナだったたな。あれがなければ、わたしは茶商のままだった。それから、ニューヨーク、パリと飛び回り、苦労もしたが、面白かった。この頃、佐賀の元右衛門様を思い出す。元右衛門様は、こう言った。信を得るのだ、商う品へ己が魂をこめよとな。若井さん、どうだろう？　己の今までの商いに、恥ずべきことは何もない。わたしも、起立工商会社もだ。そう言ってもいいだろう？　ああ、もう一度ウインナの土を踏みたいものだ。ホイリゲとか言ったかな。あの、できたばかりの葡萄酒をもう一度味わってみたいと思うんだ」

話が、ニューヨーク、パリへと移っていくのは、ごく自然な流れであった。

「ニューヨークは我らが一番乗りだ。パリも、我らに先んじて店を構えた者はいなかった。ニューヨーク、パリ、一番乗りだ。若井さんは、パリ派だったたな。わたしは、ニューヨークが肌身に合った。起立工商会社は、ウインナで始まり、ニューヨークで終わったようなものだっ

た。若井さん、わたしはまたニューヨークへ行けるだろうか」
兼三郎は黙って頷《うなず》いた。

明治三十五年（一九〇二）一月十五日の夜遅く、儀助は、東京赤十字病院で、家族に見守られながら黄泉《よみ》の国に旅立った。寒い日だった。享年六十五歳であった。亡くなったのが日付の変わる頃であったため、十六日と言われることもあり、親族による新聞死亡広告は「病気之《の》処《ところ》療養不相叶去《あいかなわずさる》十六日死去」とあり、二十日午後一時に自宅を出棺し、麻布一本松賢崇寺にて葬儀を営むとなっている。

儀助は、亡くなる前年ぐらいから目に見えて衰えだしていた。赤十字病院に入院したのは佐野常民との関係であったにちがいない。

それにしても、儀助はこの間、長きにわたる功績を一度も日本政府から公式に顕彰されたことがない。そこで、林忠正達は、何とか今のうちにと国に対して「受賞稟請《りんせい》」を行った。明治三十四年（一九〇一）七月二十八日付「読売新聞」朝刊が次のように書いている。なお、記事の中にある宮川香山は、明治を代表する名陶工の一人であって、起立工商会社の工房で働いていたことがあるようだ。

美術品海外輸出業者の受賞稟請　目下京橋尾張町八番地に煙草屋を営める松尾儀助氏ハ我国美術製作作品海外輸出の率先者にして、林忠正、宮川香山《みやがわこうざん》等の先輩なるが、氏の遣《や》り方が余りに国家的なりし為か、其《その》企図せし日本起工会社の美術品製作並《ならび》に輸出業も遂に成功を見るに至らずして中廃《ちゅうはい》し、遂に今日の境遇に陥《おちい》りたるも、之《これ》が為めに各国より賞牌功賞等を受くるもの五十有余に及べるに、独《ひと》り我国政府のみハ未《いま》だ何ら授賞の沙汰《さた》に及ばず。氏も追々《おいおい》老衰せるを以て、日本貿易協会に於てハ生前同氏に授賞の御沙汰あらんことを其筋に稟請すること丶なし、林忠正、岡田任一の両氏を委員に挙げたりと。

日本政府は、これまで儀助に何も報いてこなかった。理由は一つ、国から借りた数十万円もの借金が返せていなかったからだろう。言葉は悪いが、政府というのは昔も今もケツの穴が小さい人達でできている。

しかし、林忠正はじめ世間の人は、儀助を忘れていなかった。

他界の翌々日、十七日の「読売新聞」朝刊は、「松尾儀助氏死去　起立工商会社を起《おこ》し海外貿易の率先者たりし松尾儀助氏ハ一昨夜病死せり葬儀ハ来《きた》る廿日《はつか》執行の筈《はず》」と訃報《ふほう》を載せた。

そして、十八日から二十日までの三日間、「嗚呼《ああ》松尾儀助氏」（一）～（三）を連載し、儀助の経歴、功績や各期における逸話などを詳しく紹介するのであった。

なお、十八日付朝刊に、「松尾儀助氏の特旨叙任」との記事があり、日本政府は死後、ようやく儀助に位階を授け、従《じゅ》五位に叙した。

だが、それでも「読売新聞」は二十一日付朝刊に「果《はた》して功労者を待つの道耶《か》」と題する論説を載せ、政府を厳しく批判した。曰《いわ》く、

海外貿易、並《ならび》に美術工芸に大功あること此《かく》の如《ごと》き人にして、草莽《そうもう》に埋没し、風塵《ふうじん》に潦倒《ろうとう》し、轗軻《かんか》淪落《りんらく》の間に窮死したるに至《いたり》てハ余輩《よはい》の甚《はなは》だ遺憾《いかん》とする所《ところ》我国国民も亦《また》必ず余輩と感を同《おなじ》くするなるべし、唯《ただ》死するの日特旨を以《もっ》て位記を賜《たま》はるの御沙汰あり、聖恩優渥《せいおんゆうあく》、氏たるもの固《もと》より以て瞑《めい》するに足るべきも、独《ひと》り政府の氏を待つ所以《ゆえん》を見るに、頗《すこぶ》る憾《うら》むべきものなからん。

儀助をきちんと遇しなかった日本政府への非難の声は、かくのごとくであったのだ。

儀助の死の二日後の、一月十七日のことだった、佐野常民の妻駒子が亡くなった。また、この年の十二月には常民も八十歳で他界した。

若井兼三郎は、それぞれの葬儀に参列しながら、一つの時代が終わったことを思い知らされたような気分であった。

「次は、俺の番かな。儀助さん、生まれ変わったら、また商いの世界で一緒にやろうや」

兼三郎が亡くなったのは、それから六年後の明治四十一年（一九〇八）だった。

最も長く生きたのは、なぜか大隈重信で、大正十一年（一九二二）、八十三歳で亡くなると、国民葬で送られた。

ところで、儀助の葬儀が終わった翌日、二十一日付「読売新聞」朝刊に不思議な記事が載っている。人力車の車夫が儀助の死を悲しんで後追い自殺をしたとあり、車夫が「殉死」するなど前代未聞の出来事だった。全文を以下に引用しよう。

〇車夫主人の供《とも》をして冥土《めいど》に行く　京橋区木挽町十丁目三番地に住む人力車夫村松安太郎（五十）といふハ、日頃同区尾張町二丁目なる松尾儀助の贔屓《ひいき》を受け、妻子七人暮しにて居宅も自分で建て何不足なく暮し居《い》たるが、大事の主人去《さる》十六日に病死して、昨日ハ其《そ》の葬式なるより一昨日は早朝より松尾方へ赴《おもむ》きて終日働らき夕方になりしに、同人の女房は夫が主家へ泊りとなれバ定めて寒からんと綿入羽織《わたいれはおり》を持ち、夫に逢《あわ》んと同家の台所口に至り尋ねしに、最早帰宅せりとの事に女房も直ちに吾《わ》が家へ帰り来しも、未だ夫ハ帰宅せず頓《やが》て昨朝になりしも行方の知れざるより京橋署へ捜索願ひを出したるに、此《こ》の朝、同区木

> 挽町九丁目三十番地先河岸材木置場の材木へ荒縄を掛け、五十位《くら》ゐの男縊死《いし》し居たるより、同署より警部医師出張し検視したるに、正《まさ》しく安太郎の死体なれバ女房に引渡されしが、五人の子供ハ父の屍体に取《と》り縋《すが》りて泣き叫び、見るも気の毒の有様なりしといふが、原因ハ主人に別れて力を墜《おと》し発狂したるものならんと云ふ。

「発狂」とは少し大袈裟なのだが、車夫殉死の背景は、推測するにこうだ。つまり、功成り名を遂げ、明治政府の高官や渋沢栄一などの財界人とも堂々と渡り合えるようになって以降も、儀助は佐賀での貧しかったが家族の愛に包まれていた幼年時代の思い出を片時も忘れていなかった。そして、弱き者、目下の者に対しては優しく接していたのであった。車夫村松安太郎とて例外ではなく、安太郎にとってみるならば、無二無三の主人であったのだ。

主要引用・参照文献

瀬川光行編『商海英傑伝』（松尾儀助君伝）三益社印刷部版行、一八九三年
鶴田伸義編『仏国行路記　附野中古水伝』野中烏犀圓本店、一九三六年
平山成信『昨夢録』平山成信、一九二五年
近藤真琴『澳行日記（別書名・法船録）』鴈金屋清吉、一八七四年
長崎市小学校職員会編『明治維新以後の長崎』長崎市小学校職員会、一九二五年
水谷渉三編『紐育日本人発展史』紐育日本人会、一九二一年
大隈侯八十五年史編纂会編『大隈侯八十五年史第一巻』大隈侯八十五年史編纂会、一九二六年
大塚武松編『長崎警衛記録』日本史籍協会、一九一八年
植田豊橘編『ドクトル・ゴットフリード・ワグネル伝』博覧会出版協会、一九二五年
吉野作造編輯担当代表『明治文化全集第九巻　経済篇』日本評論社、一九二九年
中野礼四郎編『鍋島直正公伝第三編〜第五編』侯爵鍋島家編纂所、一九二〇年
日本美術協会編『日本美術協会報告第二十一輯』（西尾卓郎翁の談話）日本美術協会、一九三一年
「松尾氏の談話」（掲載誌不明、野中萬太郎氏所蔵資料）、一八九八年頃か
田中芳男、平山成信編『澳国博覧会参同記要』森山春雍、一八九七年

『明治前期産業発達史資料第八集　二』明治文献資料刊行会、一九六四年
読売新聞社編『明治の讀賣新聞（CD-ROM版）』読売新聞社、一九九九年
長崎市役所『長崎市史』清文堂出版、一九六七年
佐賀県史編さん委員会編『佐賀県史中巻（近世篇）』佐賀県、一九六八年
長崎市史年表編さん委員会『長崎市史年表』長崎市役所、一九八一年
岩手県編『岩手県史第四巻　近世篇』岩手県、一九六三年
『太陽コレクション　城下町古地図散歩七　熊本・九州の城下町』平凡社、一九九八年
木村　礎他編『藩史大事典第七巻　九州編』雄山閣出版、一九八八年
『日本歴史地名大系第四十三巻　長崎県の地名』平凡社、二〇〇一年
「角川日本地名大辞典」編纂委員会編『角川日本地名大辞典四十二　長崎県』角川書店、
一九八七年
手塚　晃、国立教育会館編『幕末明治海外渡航者総覧』柏書房、一九九二年
渋沢青淵記念財団竜門社編『渋沢栄一伝記資料第十七巻、第十八巻』渋沢栄一伝記資料刊行会、
一九五七年、一九五八年
御厨　貴監修『歴代総理大臣伝記叢書第五巻　大隈重信』ゆまに書房、二〇〇五年
加唐興三郎編『日本陰陽暦日対照表下巻』ニットー、一九九三年

高村光雲『幕末維新懐古談』岩波文庫、一九九五年（本書では、青空文庫版を参照・引用）
小川内清孝『長崎商人伝　大浦お慶の生涯』商業界、二〇〇二年
イワン・アレクサンドロヴィチ・ゴンチャローフ（高野　明、島田　陽訳）『ゴンチャローフ日本渡航記』講談社学術文庫、二〇〇八年
田中政治「続・商人ものがたり――風雲児・松尾儀助」『公開経営』一九九七年二月号〜十一月号、公開経営指導協会
長野　暹『幕藩制国家の領有制と領民』吉川弘文館、二〇〇四年
早稲田大学大学史資料センター編『大隈重信関係文書』みすず書房、二〇〇四年
森嘉兵衛『森嘉兵衛著作集第一巻　奥羽社会経済史の研究・平泉文化論』法政大学出版局、一九八七年
澤　護「フランス郵船と日本――一八六五年から一八八九年までの横浜寄港から」『千葉敬愛経済大学研究論集』第二十六号、敬愛大学・千葉敬愛短期大学、一九八四年
千本暁子「日本における工場法成立史――熟練形成の視点から」『阪南論集　社会科学編』第四十三巻第二号（二〇〇八年）、阪南大学学会
泉　三郎『岩倉使節団という冒険』文春新書、二〇〇四年
ペーター・パンツァー、ユリア・クレイサ（佐久間穆訳）『ウィーンの日本』サイマル出版会、

一九九〇年
久米邦武編（田中　彰校注）『特命全権大使米欧回覧実記（五）』岩波文庫、一九八二年
角山幸洋『ウィーン万国博の研究』関西大学経済・政治研究所、研究双書第百十三冊、一九九九年
持田鋼一郎『高島易断を創った男』新潮新書、二〇〇三年
木々康子『林忠正とその時代』筑摩書房、一九八七年
東海大学外国語教育センター異文化交流研究会編『日本の近代化と知識人――若き日本と世界Ⅱ』東海大学出版会、二〇〇〇年
小島直記『大久保利通』至誠堂新書、一九六五年
笠原英彦『幕末維新の個性三　大久保利通』吉川弘文館、二〇〇五年
毛利敏彦『幕末維新と佐賀藩』中公新書、二〇〇八年
末岡暁美『大隈重信と江副廉蔵』洋学堂書店、二〇〇八年
圀府寺司『アート・ビギナーズ・コレクション　もっと知りたいゴッホ　生涯と作品』東京美術、二〇〇七年
J・V・ゴッホ-ボンゲル編（硲伊之助訳）『ゴッホの手紙（中）』岩波文庫、一九六一年
木々康子『ミネルヴァ日本評伝選　林忠正』ミネルヴァ書房、二〇〇九年

嘉本伊都子『国際結婚論⁉　歴史編』法律文化社、二〇〇八年
嘉本伊都子『国際結婚の誕生』新曜社、二〇〇一年
青木　茂監修『近代美術雑誌叢書　龍池会報告　第一巻～第四巻、別冊』ゆまに書房、一九九一年
東京国立文化財研究所編『語る現在、語られる過去――日本の美術史学百年』平凡社、一九九九年
日本放送出版協会編『日本の「創造力」第二巻　殖産興業への挑戦』日本放送出版協会、一九九三年
松本源次『炎の里有田の歴史物語』一九九六年
楠戸義昭『維新の女』毎日新聞社、一九九二年
吉川龍子『歴史文化ライブラリー118　日赤の創始者佐野常民』吉川弘文館、二〇〇一年
川副町教育委員会、山本光彦編『よみがえれ博愛精神』佐野常民顕彰会、一九八五年
藤井哲博『長崎海軍伝習所』中公新書、一九九一年
加藤周一他編『日本近代思想大系十四　科学と技術』岩波書店、一九八九年
林忠正シンポジウム実行委員会編『日本女子大学叢書三　林忠正――ジャポニスムと文化交流』ブリュッケ、二〇〇七年

ペーター・パンツァー監修『日本・オーストリア修好130周年記念展　青山光子、クリムト、その時代』日本オーストリア修好130周年記念展実行委員会　一九九九年

あとがき

十数年前のある日曜日の朝だった。いつものように、NHK教育テレビの「日曜美術館」を見ていたら、ボストン美術館が所蔵する日本画の特集がされていた。そして、番組の最後にアナウンサーが「これらの絵画はすべて起立《きりつ》工商会社の寄付です」と解説したのだが、この一言で稲妻のごとく脳裡をよぎり呼び覚まされた記憶があった。「起立工商会社」とは、私の曾祖父が社長を務めた会社である。父や叔父から若い頃に聞いた話では、曾祖父は明治の初めに海外に雄飛した人物で、ニューヨークやパリに店を持ち、日本の美術工芸品を手広く商っていたという。

これがきっかけで、家の中に残されていたわずかな資料を手がかりに、佐賀、長崎から始まり、ウィーン、ニューヨーク、パリに至る、曾祖父松尾儀助の百三十年前の足跡を辿る旅が始まった。すると、国内はもちろん、海外からも、次から次へと様々な情報が私に寄せられ、海外との商取引の実態や、政財界の大物達との交流が次第に明らかになってきた。

現在なら、ニューヨークであろうがパリであろうが、行くのはとても簡単だが、当時は船で二か月近くもかかったようだ。それもすべて外国船で、日本の船は皆無であった。そのような大変な苦労を味わいながら、世界に雄飛した一人の男と、彼を取り巻く幕末・明治の人間模様――それを史実に基づいて、フィクションも交えて小説化したのが本書であり、混迷を深める現代にあって、明治人の気骨と心意気を感じていただければ幸甚である。

この小説を書くに当たり、曾祖父松尾儀助の恩人だった、野中元右衛門、佐野常民、大久保利通、大隈重信、久米邦武、そしてゴットフリード・ワグネルの墓を再び訪ね、熱烈な愛国者だった曾祖父が大燈籠を寄贈した靖国神社にも参拝し、想いを新たにした。

曾祖父は確かに一つの時代を駆け抜けた。そして、時の明治政府と日本の国に多大な貢献をしたのだが、上記の恩人達の指導と援助がなかったら、足軽の子としての一生をすごしていたにちがいない。明治は遠くなりにけり――しかし、今、この混迷の時代に昔に返って、先人達の不撓《ふとう》不屈《ふくつ》の精神に触れてみるのもいいだろう。

本書を執筆するに当たり、多くの方々にお世話になった。最後に、お一人お一人名前を挙げて、深い感謝の意を示したい。

野中元右衛門の曾々孫・野中源一郎氏、美術評論家・瀬木慎一氏、作家であり、林忠正の嫡孫に当たる木々康子氏、久米美術館の伊藤史湖氏、ボストン美術館のアン・モース氏及び小川盛弘先生、有田町歴史民俗資料館館長・尾崎葉子氏、元佐賀県立博物館学芸員・宇治章氏、郷土史研究家・末岡暁美氏、ロサンゼルス在住の日本美術研究家・近藤裕美氏、作家であり、佐野常民の研究家でもある吉川瀧子氏、田中経営研究所所長・田中政治氏、ボン大学日本研究所所長・ペーター・パンツァー博士、「幻の明治伊万里」の著者である東西古今社社長・蒲地孝典氏、そして、時代考証をして下さった倉澤哲哉氏の皆様に、心より御礼申し上げる。

また、本書の出版に関して、いろいろとご指導・ご鞭撻下さった文芸社の坂場明雄氏、松谷和則氏、馬場先智明氏にも感謝する。

二〇〇九年九月一日

田川　永吉

著者プロフィール

田川 永吉（たがわ えいきち）

1936年生まれ。明治の政商松尾儀助の曽孫として生まれ、幼少期より欧米文化に親しむ。1965年初渡米。日本、フランス、アメリカの大企業の要職を経て独立。ニューヨークの他パリ、ロンドン、デュッセルドルフにネットワークを持つ翻訳会社を経営。

〔著書〕
『マンハッタン一番乗り　ニューヨーク生活のバイブル』（文芸社）
『英語力で1億円』（文芸社）

政商 松尾儀助伝 海を渡った幕末・明治の男達

2009年12月15日　初版第１刷発行
2017年４月５日　初版第３刷発行

著　者　田川 永吉
発行者　瓜谷 綱延
発行所　株式会社文芸社
〒160-0022 東京都新宿区新宿１－10－１
電話 03-5369-3060（代表）
03-5369-2299（販売）

印刷所　神谷印刷株式会社

ISBN978-4-286-07417-7